꽃으로 엮은 방패

꽃으로 엮은 방패

곽재구 시집

창비

차
례

제1부

제2부

제3부

제4부

제1부

채송화

당신은 참 좋은 사람이에요
웃고 있군요
샌들을 벗어 드릴 테니
파도 소리 들리는 섬까지 걸어보세요

세월

하얀 민들레 곁에 냉이꽃
냉이꽃 곁에 제비꽃
제비꽃 곁에 산새콩
산새콩 곁에 꽃다지
꽃다지 곁에 바람꽃

소년 하나 언덕에 엎드려 시를 쓰네

천지사방 꽃향기 가득해라
걷다가 시 쓰고
걷다가 밤이 오고
밤은 무지개를 보지 못해
아침과 비를 보내는 것인데

무지개 뜬 초원의 간이역
이슬밭에 엎드려 한 노인이 시를 쓰네

또 하나의 별

내가
이도백하의 다관茶館에서
재스민차 한잔을 마시는 동안
별 하나가 찻잔 안으로 들어왔다
추우냐?
답이 없구나
영하 이십도의 눈보라
별이란 족속은
추워야 더 빛을 뿌리는 법
혜산진에서 훈춘으로 가는 밤길에
와사등을 파는 가게가 하나 있었다
보라색 등 하나를 살까 망설였는데
또 하나의 별이 찻잔 안으로 들어왔다
어떤 어둠 속에서도 빛을 뿌리는 것이
별의 숙명이라는 것을 안
스무살 뒤로
나는 내 마음에게
어떤 외로움 속에서도
홀로 외로워질 수 있다고

고요히 다짐하는 버릇이 생겼다

江上禮雪

사미야 강에 눈 온다
홀로 무릎 꿇고 눈보라 맞으며
무슨 생각 하느냐

인간의 수와
별의 수
강변 모래알의 수를 다 더하면
슬픔의 수가 된다고 내게 말했지

눈은 펄펄 노래하며 춤추는구나
눈은 마을의 집들을 보리밥처럼 부풀게 하고
눈은 버려진 풀씨들의 이마에 입맞춤하고
눈은 작은 나룻배 위에 가득 쌓여
강물과 나룻배를 한 몸으로 만들고
눈은 시를 쓰다 얼어 죽은 노인의 오두막
봄이 오면 파랑새의 노래 가득하게 하고

눈은 아주 작고 부드러운 망치로
바위를 두드려 언젠가 모래를 만들지

사미야 강에 눈 온다
저 가슴 저미는 손편지를 개봉하고도
여전히 슬픔의 수에 집착하느냐
무릎 꿇고 눈송이에 입 맞추며
너의 깊은 잠을 먼먼 나라로 보내렴

오랑캐꽃

꽃의 이름에 폭포가 들어 있다

누가 이 고운 보라색 꽃에 오랑캐꽃이라 이름 붙였나

오랑캐꽃 속에 강물 흐르고
오랑캐꽃 속에 별이 뜨고
오랑캐꽃 속에 반만년 은하수 피어나고
오랑캐꽃 속에 당신이 내게 보낸 무지개 찬란한데

반도의 사내여
동학년 그 맑고 고상한 봉준의 눈빛
오랑캐 시중은 들지 마라

기미년 그리운 조선의 누이여
귀청 떨어지는 반만년 만세 소리
세월 내내 펄럭이게 하라

사랑이 아니면
죽음보다 깊은 고독이 아니면

이쁜 오랑캐꽃
그 이름을 부르지 마라

두부 먹는 밤

두부를 먹자
하얗고 순결한 조선의 마음을 먹자
두부는 조선의 밥상 위에 가지런하다
심청도 춘향도 두부 앞에서 가슴이 설렌다
두부 속 마을에 수궁가도 있고 사랑가도 있다
두부 속 꽃 핀 산골 마가리에 해월도 봉준도 산다
두부 속 녹두꽃밭에 파랑새가 종일 노래한다

막걸리 한병 두부 접시 앞에 두고
통일이 대박이라고 말하는 이가 있다
통일이 쪽박이라고 말하는 이가 있다
흥부네 초가집 담장에 박씨 하나
뿌린 적 없는 잡놈들이 박 타령을 한다

두부는 말이 없다
뚜벅뚜벅 주모의 칼질에 베일 때도
펄펄 끓는 동태탕에 들어가서도
신음 한번 내지 않는다
두부를 먹자

두부를 먹고
순교하는 조선의 마음이 되자

목도장 1

연안 통발 어선들
다닥다닥 붙은 선창 길
눈이 나려 배들의 얼굴이 하얗다
눈송이 참 곱누나
뱃사람들 떠들썩하게 웃으며
다찌노미집 연탄 화덕 곁으로 모이고
술청 아낙은 다시마 초고추장에 청어 과메기를 굽는다

사이다 컵에 소주 한잔 마시고
선창 오르막길 오르다
낡은 도장집 하나를 만났다
첫눈 오는 날 목도장에 이름을 새기는 것은 서럽고 안쓰
러운 일
도장집 문을 열고 들어섰을 때
얼굴 발그레한 아낙이
아기 젖을 물리다 나를 보았다
나는 조금 민망하여 고개를 돌리고
도장 하나 팝세,라고 말했는데

아낙 또한 북관 사투리로
나그네 이름이 뭐수까? 묻는 것이었다
나는 깜짝 놀라며 농담으로
이용악이라 말했는데
아낙이 내게
시를 쓰는가? 묻는 것이었다
이용악을 아는가? 물으니
「하나씩의 별」을 참 좋아한다는 것이었다

눈송이들 아기 울음 들으려 가게 안 서성이고
하얀 옷으로 갈아입은 고깃배들
원족 가는 초등학교 아이들처럼 줄을 서 있는데
백두산 자락 산골 마을 만보에서 왔다는
볼 붉은 아낙과 아기를 보며 가슴이 하염없이 설레었다

목도장 2

잣눈 내리는 용정에 왔네
연변대 조문학과에서 시를 가르치는
동무 최용린은 봄이면 일송정 들판의 사과꽃이
눈보다 하얗다고 말했지만
나는 이 설원이 좋았네

이십년 전 그날도 잣눈 내렸네
동주 만나기에 이보다 좋은 날 없다우
함께 용정 가는 버스 기다리다
눈길 미끄러진 트럭에 받혀 용린의 척추가 부러졌네
의식을 차린 뒤 울고 있는 내 손을 잡고
일없다, 내년 겨울 다시 용정 가자 했네

룡정을 열애하고 진흥하자
붉은 벽돌담 위 고딕 구호는
복숭아꽃 빛깔인데
얼룩빼기 칡소가 끄는 수레 하나
옥수수 더미 싣고 눈길 가네
수레 위 흰 누비옷 입은 사내여

그대의 먼 고향 또한 북관 어디메인가

용정 표지석 서 있는 길목
기념품 가게에서 목도장을 파네
윤동주, 조선글 세 글자가 무슨 뜻인지 알지 못하는
한족 공예가가 마음으로 목각을 뜨는 동안
눈은 창밖의 세계를 희게 칠했네

사랑하고
아파하고
이별하는
그리운 생의 시간들이여
그대 있음에 우리 곁에 조선의 시 동무했네

바람 불고
눈 오고
꽃 피는
지상의 시간들이여
그대 있음에 조선의 시 찬란했네

목도장 3

못생긴
세 글자들이
목도장 안에 모여 있다

셋이 이마를 마주 대고
아귀찜을 먹거나
한 냄비의 홍합 국물을 마시는 것 같다

항구의 맨 끄트머리 작은 마을로 들어서는 일 톤 타이탄
트럭 한대
짐칸에 탄 아이들 몇이 웃으며 내린다
멀구슬나무의 보라색 꽃이파리들이 아이들 웃음소리 곁
에서 환하다

어쩜 이렇게 못생겼을까
볼수록 신기해

막내 누나는 아토피를 심하게 앓았다
달이 환한 날 막내 누나가 창가에서 중얼거리는 소리를

들었다
  웃통을 벗고 달빛에 가슴 말리던 막내 누나

  고등학교를 중퇴하고 막내 누나는 마산의 공장에 취직
했다
  어느 해 추석 집에 온 누나는 마산에 바다가 있다고 했다
  생일날 아귀찜을 먹고 홍합 국물을 마셨다고 환하게 웃
었다
  막내 누나 부마사태 후 집에 돌아오지 않았다

  생의 아무런 좌표도 없이
  우연히 마산에 들러
  언덕배기 허름한 도장집에서 목도장을 하나 팠다
  젊은 아낙이 도장을 새기는 동안
  아이가 젖을 달라고 칭얼거렸다
  볼그레한 아낙의 목과 두 뺨
  막내 누나의 옆모습이 보였다

목도장 안 못생긴 세 식구들이 나란히 누워 있다

글자들이 잠들기 전 아주 고요한 파도 소리가 들리는 것
같았다

나는 어디에서 마산으로 왔을까

천희라는 여자아이를 만난 시인은 또 어디로 갔을까

기차는 좀더 느리게 달려야 한다

어릴 적엔
강 건너 산비탈 마을
기차가 지나갈 때
손 흔들었지
창밖으로 모자를 흔들던 이가
바람에 모자를 놓쳤을 때
보기 좋았지

어른이 되어 기차를 타면
창밖으로 모자를 흔들고 싶었지
강 건너 앵두꽃 핀 마을
아이들이 손을 흔들면
창밖으로 하얀 모자를 흔들다
명주바람에 놓아주고 싶었지

모자를 열개쯤 준비해
강마을의 아이가 손을 흔들 때
하나씩 바람에 날리는 거야

KTX는 시속 삼백 킬로미터로 달리지
손을 흔드는 아이도 없지

기차는 좀 느리게 달려야 해
사람은 좀 느리게 살아야 해
사람이 기차고
기차가 사람이야
미친 듯 허겁지겁 사는 거 부끄러워

시속 삼십 킬로미터면 강마을
아이들과 손 흔들 수 있어
시속 이십 킬로미터 구간에선
초원의 꽃들과 인사 나눌 수 있지
시속 십 킬로미터면 초원의 소들에게
안녕, 무슨 풀을 좋아해? 물을 수 있어

목포에서 신의주
6박 7일에 달리는 거야
우리나라 강마을 아이들 모두 모여

하얗게 손 흔들다

모자를 찾으러 강물 속 풍덩 뛰어들 수 있게

대못이 박힌 자리

사내가 망치로
대못을 박았다

못은 제 온몸을
나무 깊숙이 투입하였으므로
나무와 못은
서로 행복하였다

세월이 흘러
못은 붉게 물들어
바스러지고
나무의 몸에
빈 구멍 하나가 남았다

늙은 사내가
빈 구멍에 망치로
새 못을 박았다

나무는 제 몸 안에 남은

붉은 녹 몇개를 떨구고는

고요히

구멍과 함께 부서졌다

따뜻한 감나무

네가 소년이었을 때
푸른 내 가지 위에 올라
바람 그네 타는 걸 좋아했지
순한 귀 기울여
파랑새 소리 들을 때면
잎사귀 흔들며 나도 가슴이 뛰었지

세월이 흘러도
바람 그대로 불고
눈도 비도 햇살도 대지를 적시는데
아이들은 여전히 나무 위에 올라
새소리도 듣고
바람 그네도 타는데

사람아
울지 마렴
옛날처럼 내 무릎 위에 오르렴
오르다 엉덩방아도 찧고
흰 수염 날리며 바람 그네도 타고

밤이 깊어지면 꿈꾸는 잎사귀들 속에서
푸르디푸른 밤하늘의 별들을 보렴

새로 태어난 소년 소녀 들이
내 둥지를 타고 오를 때
산 너머 흰 구름
새로 돋은 무지개를 보여주렴

좋은 일

익은 꽃이
바람에 날리며
이리저리 세상 주유하는 모습
바라보는 것은 좋은 일

어린 물고기들이
꽃잎 하나 물고
상류로 상류로
거슬러올라가는 모습
바라보는 것도 좋은 일

유모차 안에 잠든 아기
담요 위에 그려진 하얀 구름과 딸기들 곁으로
소월과 지용과 동주와 백석이 찾아와
서로 다른 자장가를 부르려 다투다
아기의 잠을 깨우는 것은 좋은 일

눈 뜬 아기가
흩날리는 꽃잎을 잡으려

손가락 열개를 펼치는 것은 좋은 일
아기의 손가락 사이에
하늘의 마을이 있어

꽃잎들이 집들의 푸른 창과
지붕에 수북수북 쌓이고
오래전
당신이 쫓다 놓친 신비한 무지개를
꿈인 듯 다시 쫓는 것은 더 좋은 일

호두 바람

소 잔등에 엄마와 둘이 타고
지평선을 향해 걸어갔다

바람 속에서 호두 냄새가 나는구나

어린 시절 우리 집 마당에 호두나무가 있었다
나는 매일 호두나무에 올라가 동화책을 읽고
잎새 속에서 엄마가 등 구부리고
펌프 샘 가에 앉아 우는 모습을 보았다
햇살이 쿨럭쿨럭 엄마 등 위에서 놀았다
그런 날이면 나는 잘 익은 호두 한알을
엄마에게 들고 가 껍질을 까 드렸다

엄마는 소를 타고
지평선 쪽으로 계속 갔고
나는 강나루에서 내려
엄마를 향해 손 흔들었다

해가 지고

바람 속에서 호두 냄새가 났다
호두 바람 속에서는 펌프 샘 가에 앉아 울던
엄마의 눈물 냄새가 난다

칡꽃

너무 오래
너무 길게

미워하며 살아 미안해요
쓸모라곤 하나도 없었네요

임진나루 철조망 길
당신을 만나
손바닥 위에 올려두고
보는데 참 좋았어요

보라색 꽃잎 주위
햇볕이 모여들어요
햇볕에서 꿀벌 냄새도 나고 은하수 냄새도 나고
쩜벙쩜벙 뛰는 칠성장어 소리도 들려요
녹슨 철조망 입맞춤하는 당신

부끄럽고 미안해요
주말의 목구멍에 삼겹살 쑤셔넣으며

최저임금 인상이나 양성평등을 위한 모임에 나가 몇마디
외치고 돌아올 때
  이것이 삶인가 노래인가 늘 마음 아팠지요

  너무 오래
  너무 길게

  외면하며 살았지요
  반쪽의 내가 무엇을 하며 살고 있는지 관심 없었지요
  엎어지고 깨지고 굶주림에 시달리는 얘기 들으며
  나는 나고 너는 너다
  그냥 고개 끄덕이며 지냈지요

  녹슨 철조망 환하게 웃는 당신
  당신에게 보랏빛 햇살의 향기를 드려요
  우리 이제 제발 기억하고 살아요
  나는 너고 너는 나다
  우리 이제 서로 버리지 말아요

세상의 모든 시

나는 강물을 모른다
버드나무도 모른다

내가 모르는 둘이 만나

강물은 버드나무의 손목을 잡아주고
버드나무는 강물의 이마를 쓸어준다

나는 시를 모른다
시도 나를 모른다

은하수 속으로 날아가는 별 하나
시가 내 손을 따뜻이 잡는다

어릴 적 아기 목동이었을 때
소 먹일 꼴을 베다
낫으로 새끼손톱 베었지
새끼손톱 두쪽으로 갈라진 채 어른이 되었지

시가 내 새끼손톱 만지작거리며
괜찮아 봉숭아 물 들여줄게 한다

나는 내 시가 강물이었으면 한다
흐르는 원고지 위에 시를 쓰다
저녁의 항구에서 모여드는 세상의 모든 시를 읽을 것이다

제 2 부

흰여뀌꽃밭

흰여뀌꽃
천지사방에 피었네

시는 어느 홀아비 따라
산 넘어갔는지

돌담길
혼자 한숨 쉬는데
누가 이마에 입맞춤하네

언덕 너머
시 홀아비들 모여 사는
도화촌 있으니
함께 넘자 하네

처음 본 다정한 이
따라가네
손잡고 따라가다 등에 업히네

柳京萬里

내게 피할 수 없는
이틀의 시간 주어진다면
하루는 유경 강마을의
소금쟁이 되리

긴 발로 소곰소곰 물 위를 스치다
흘러오는 꽃 한송이 만나면
칠십년 서러운 가슴팍 꼭 안아주리

남은 하루
소금쟁이 발 아래
반짝이는 윤슬 되리

고 조고맣고 귀여운
소금쟁이 발바닥에
소곰소곰 쓰인 시 한줄
밤새 흐르는 달빛에 읽어주리

혜산 처녀

과꽃 일곱송이
황화코스모스 아홉송이
해바라기 두송이
칡순으로 묶어
양산 만들어 머리 위에 쓰고 혜산 강둑길 걷네
어디서 날아왔는지
노란 나비들 꽃 양산 따라오네
가만히 양산을 내려
꽃 냄새 맡는데
노란 나비 한마리
코끝에 앉아 분 냄새 맡네
혜산 처녀야 오늘 노랑나비랑 결혼해라

파수강* 칠십리

파수강 칠십리
겨울비 오네
영변 약산 사오십리
삭주 구성 칠팔십리
누가 접었나
나뭇잎 배 낮달 동무 되어 흐르는데
얼굴이 파란 새가
남으로 가는 영을 넘네

* 해방 이전 청천강 상류를 파수강이라 불렀다. 정주에서 도보로
  한나절 길, 소월의 시 「엄마야 누나야」는 파수강 변에서 쓰였을
  거라는 생각이 든다.

하얀 조선의 밤
소월에게

눈이 내려서
이 세상 저 세상
다 동무 같아라

용마루 박 넝쿨 시든 자리
새근새근 함박눈 내리는 소리

질화로 곁 쭈그리고 앉아
뭐 하는 사람인고?
밤새 묻네

촛불은 홀로 허리 구부리고

눈사람 하나
초롱 들고 눈길 더듬어 오네
저고리 안 차가운 손바닥
파수강 갈잎차 한봉지 내미네

눈은 내리고 쌓여

천지에 이 동무 저 동무 다 그리운데
벗이여 날 밝으면
새하얀 눈길 북관까지 걷세나

저녁의 꽃 냄새

국경 강마을
저물녘 꽃 냄새 물큰하여라
어릴 적 우리 동네 물가에서도
같은 냄새가 났지
동무들 꽃 내음 속에서 말뚝박기했는데
봉숭앗빛 불 켜진 조선족 민가에서
엄마 목소리 들리네
웬수야 저녁 먹어라
아들은 강변 갈숲에 앉아
BTS 듣느라 정신없는데
유람선 타고 마실 다니는 남녘 사람들
비닐봉지에 초코파이랑 치약이랑 USB 넣어
북녘 땅으로 던진다네
개또라이 아베와 트럼프와 시진핑이 함께 마귀춤 추며
팔천만 한반도 들들 볶는데
강변 국경마을은 저녁 이슬 내려
알전구 불빛들 촉촉하고
물큰한 꽃향기 속 다급한 엄마 목소리 들리네
웬수야 저녁 먹어라

내 웬수야 저녁 먹어라

형제

우수리스크역에서 옷섶에 숨긴
이콘화를 팔던 사내의 고향은
청천강 변 작은 강마을이었다 한다
버드나무 꽃가루 날리는 지금쯤
강변에서 잉어 낚시를 하고 봄 감자를 구워 먹었다고 한다
고난의 행군 시절
부모도 형제도 다 말라 죽고
혼자서 두만강 건너왔다고 한다
살아남기 위해 로스케 말을 배우고
고려인인 척하지만
고려인 여권도 중국 여권도 공화국 여권도 없는
무국적자가 되었다 한다
잘사는 남녘 사람들 보면
해방 전까지만 해도 한 민족 한 핏줄이었다는데
북녘 사람들 씨 말라 죽어갈 때
밀가루 한포 입쌀 한가마 보내지 않은
그들이 형제일 리 없다고 생각한단다
백 달러 지폐 한장을 주고
진짜일 리 없는 그의 이콘을 사

돌아오는 저물녘
우리는 언제부터 형제가 아니었던가
생각하고 생각하였다

파르티잔스크

붉은 벽돌 건물 따라
감자꽃 피어 있는 도시의 이름 속에
스무살 적 꿈이 깃들어 있다
지평선 끝까지 펼쳐진 집단농장
감자밭에 스프링클러로 물을 주던 노동자는
이름도 나이도 고향도 아무 대답이 없었다
잘 있으오, 내가 자리를 뜨려 할 때
한국에서 왔소? 그가 입을 열었다
반가운 마음에 고려 사람인가? 물으니
그렇다고 한다
타슈켄트에서 태어나고 자라
이리저리 떠돌다 원동으로 왔다고 한다

이십오년 전 그 도시의 니자미사범대학 한국어학과에서
팔십년대 남쪽의 시 강의를 마친 내게 학생들은 시가 아닌
어떻게 하면 한국에 갈 수 있는지를 물었다
  착하고 때 묻지 않은 그들이 중앙아시아의 초원에서 살기
를 진심으로 바란 나는
  한국은 당신들이 생각한 천국이 아니라고

당신들이 살아나갈 조국은 이곳이라고
　이곳에서 한민족의 꿈을 확장해나가는 게 고려인의 몫이
라고 말했다가
　피 터지는 비난을 받았다

　그도 한국에 가고 싶으나
　여권이 없어 갈 수 없다고 했다
　사마르칸트와 우슈토베에서 만난
　고려인 이야기를 하는 동안 해가 졌다
　헤어질 때 그가 된장이나 고추장 가진 것 없냐고 물었다
　저물녘 숙소에서 순창 고추장과 된장 한통씩 건넬 때
　찌들 대로 찌든 그의 얼굴이 환해졌다

내두산 편지

블라디보스토크에서 우수리스크 지나
국경도시 크라스키노에 닿았습니다
바닷가에서 해삼을 말려 한국으로 수출한다는
조선족 청년과 소다수를 마셨습니다
붉은 벽돌 건물에 레닌의 초상이 남아 있는 마가진에는
한국제 식용유와 라면 팬티스타킹이 진열되고
여기서 국경을 넘으면 중국 땅 훈춘입니다
시장 거리에서 개장국 한그릇 먹고 나오니
네명의 북한 아이들 배고프다며 손 내밉니다
수수팥떡 가게에서 함께 떡 먹었지요
해가 다 지는 시각까지 두만강 가
북한 마을들 보며 달렸습니다
마을의 저녁 불빛들 먼저 눈물 보이는군요
송강진에서 백두산 하늘 아래 첫 동네라는
내두산 마을까지 꼬박 하루 달렸습니다
그곳 노인들이 두붓국을 끓여주며
우린 한 형제라고 말했습니다
길림 우체국에서 편지 썼습니다
이곳에 굶주린 북한 아이들 너무 많다고 적었습니다

아이들 눈망울에 갈수기의 두만강 물 보였습니다
편지를 쓰고 우표를 붙이고 우체통에 넣었지요
수신인 없는 편지는 누가 받는지요
심양 가는 열차 안
손에 든 백 위안 지폐 보고 또 보고
오늘 밤 두만강 건너 북녘 집에 갈 거라는
네 아이의 눈망울 떠올랐습니다

우슈토베*의 민들레

팔작지붕에 회벽을 두른
기와집 마당에
순한 얼굴의
민들레 두송이가 피어 있다

꽃 곁에 쭈그리고 앉아
꽃의 이마와 볼 눈썹에 눈 맞추는데
꽃이 나를 와락 끌어안는 느낌이 있었다

찰나 속을 흐르는
영원의 강

한 노인이 다가와
가만히 내 등을 끌어안았다
거친 주름살이 내 뺨을 스치는 동안
민들레꽃 냄새가 났다

내 이름은 세르게이 김
김해 김씨인데 조선 이름은 잊었다

남원에서 태어났지만 남원이 어디인지는 모른다
당신은 남원을 아는가?
아버지는 제사를 지낼 때 무릎을 꿇고 절하셨다
죽은 사람에게 절할 때 두번 한다고 들었는데 사실인가?

그가 내 손을 붙들고
끝없이 이야기하는 동안
더듬거리는 전라도 사투리 속으로
배추흰나비 한마리 팔랑팔랑 날아올랐다

그의 손녀 나타샤는 스물두살
비슈케크대학 한국어학과 4학년이라 한다
눈빛 소처럼 맑고
웃음소리 월등 복숭아꽃 냄새만큼 달았다

소비에트가 붕괴된 후
유대인들 고국 이스라엘로 돌아간다고
고국에 돌아가면 집도 직장도 다 준다고 했다
한국은 언제 우릴 부르는가? 묻는데 할 말이 없었다

부엌 앞에 나무 절구가 놓여 있다
1937년 강제 이주 열차를 탈 때
조선에서 할머니가 가져온 것이라고 나타샤가 말했다
두부된장국 끓이던 할머니가 이야기했다
조선 사람은 어디에 살든 이팝을 먹지
그래 불술기**에 절구를 싣고 왔지
잘하셨어요 어르신, 나는 할머니의 손을 잡았다

하얀 옷을 입고
두부된장국을 먹고
팔작지붕 기와집에 박 넝쿨이 자라는 동안
우리가 고려 사람이라는 것 잊은 적 없어요
한국 사람들 자랑스레 이야기하는
오천년 역사가 이곳에 숨 쉬고 있어요

1937년 그날
왜 우리가 중앙아시아의 허허벌판에 버려졌는지
단 한번 묻지 않은 조국이여,

당신은 부끄럽겠지만
우리는 부끄럽지 않다
나타샤의 하얀 볼우물이 내게 얘기하는 것이었다

* 1937년 스탈린의 강제 이주 열차를 타고 온 조선인들이 중앙아
  시아의 사막지대에 세운 최초의 조선인 마을.
** 증기기관차.

비 아버지

비 오시네

염병 처먹을 넘
제명대로 못 살고
폭 꼬꾸라질 넘

어머니 누굴 기다리시나
밤새 들리는 저 욕 소리
마른 들에 스미는 저 빗소리

오살 넘
워디서 지랄허구 자빠졌능가
날 여태 데릴러 오지 않고

비 오시네
천지사방
어머니의 따뜻한 욕 오시네

여든일곱 어머니

대청마루에 서서
스무살 적 손 내미네

마른 손바닥 위
빗방울 하나 툭 떨어지네
스무살 비 아버지
어머니 손에 입맞춤하네

그리움

달빛
하얀 밤

두엄자리 곁
분꽃 피었다

오래전
당신이 똥 눈 자리
그 자리가 좋아서
나도 쭈그리고 앉아
똥 누었지

함께 눈
세월의 똥

그립고 아득하여라
때로는 별이 잠긴 호수가 되고
불칼이 되고
하얀 물고기가 되고

당신이
똥 누던 소리 속으로
분꽃처럼 우수수 별들 쏟아지고

산언덕

복사꽃
지천으로 핀
산언덕 앉아
김규동 선생님 시를 읽네

    닭이나 먹는 옥수수를
    어머니
    남쪽 우리들이 보냅니다
    아들의 불효를 용서하셨듯이
    어머니
    형제의 우둔함을 용서하세요

단 여섯줄의 시를
바람에게 읽어주고
햇살에게 읽어주고
무덤가 수북수북 피어난
제비꽃 덤불에게 읽어주네

부끄럽고 또 부끄러워라

1925년 종성에서 태어난 노시인의 시
동란 이후 다시는 고향으로 돌아가지 못한 시
다시는 고향 사람 만나지 못하고
남녘 땅 저잣거리 이리저리 떠돌다 병들어 죽는 시

폴리에스테르 비닐 부대에 담긴
캘리포니아산 옥수수나 되어
고향에 돌아가는 시
흰 뼈가 되어서도 어머니 곁에 누울 수 없는 시

산마루엔
꽃구름
울며 돌아서는 시

화진포

소금에 절인
고등어 두마리가
갈라진 배를 마주 대고
이팝나무꽃 핀 하늘을 바라보네

장돌림 오십년
늙은 생선 장수는 북관 바닷가 마을이 그리워
죽은 생선의 눈에 임자도 소금 북북 문지르다가
뭉개진 손톱 까만 손등으로 눈두덩을 비비네

하얀 모래의 살들
맨발로 함께 연을 날리던 누이야
해당화 피어 말없이 좋은 날
파도 소리 엄마 젖 냄새 풀풀 날리던 어시장 거리
대소쿠리에 생선 몇마리 받아 전을 펴던 누이야

개밥바라기별 반짝반짝 빛날 적
소쿠리에 담긴 수수팥떡과 초사흘 달빛
성글게 다가서던 비린 발소리가

엄마 젖 냄새보다 좋았던 누이야
전쟁 끝나고 다시는 얼굴 볼 수 없었던 누이야

누군들 아는가?
고등어가 한손으로 팔리는 건
살아서 퍼렇던 그리움의 날들
세월이 흘러 썩어 문드러질지 모를 외로움의 날들
달래주기 위한 떠돌이 생선 장수의 마음 씀임을
퀭한 눈두덩 아래 잠시 머문
촉촉하고 뿌연 외로운 불의 물임을

꽃눈

3월에 꽃눈 온다
누이야 청국장을 끓이자
바람 든 무 숭숭 썰어 넣고
국 멸치 대구리 큰 놈으로 한줌 넣고
구례장에서 사 온 두부 한모
파 뿌리 숭숭 썰어 넣고
오곡밥 한상 차렸으니
영변 약산 사람아
진주 와온 통영
지심도 미륵도 청산도 사람아
다들 밥상머리 모여라
3월에 꽃눈 온다
청국장 냄새 펑펑
천지에 꽃눈 온다

북간도

나는 전라도 무주에서
당신은 경상도 창녕에서 왔다
한평생 살다보면
사나이 이름을 팽개치고
폭폭함 속으로 몸을 던질 수 있지만
고향 땅 이름만은 지울 수 없다
당신은 북간도 창녕촌에서
나는 무주촌에서 산다
남쪽에서 바람만 불어도 가슴 에이고
도라지꽃 핀 동구만 나가도 똥구멍이 저린다
떠나온 지 칠십년
북간도 황토밭에 몸은 묻어도
그리운 반도의 햇살과
시냇물은 잊을 수 없다

꿈결

함박눈 오는 날
갑산초등학교에 갔지
파수강 변 갈밭 고운 학교
분이랑 남희랑 처음 만났지
둘 다 낯가리지 않았어
분이는 볼이 빨갛고 보조개가 예뻐
분이가 웃으면 능금나무 앞에 선 것 같아
남희는 하얀 털모자 빨간 벙어리장갑 꼈어
분이가 그네를 탔어
힘차게 발 구르며 내게 물었어
너희 집은 어디야?
해남 땅끝
땅끝초등학교 5학년이야
그네가 하늘 높이 솟았어
야 땅끝 보인다 땅끝초등학교도 보여
분이가 크게 외쳤어
남희와 나는 손잡고 박수 쳤어
눈이 내려 미끄럼 타기 좋았지
셋이 차례로 미끄럼을 탔어

남희가 말했어

우리 머리부터 타자

셋이 나란히 머리부터 내려갔어

남희가 맨 앞에서 우리를 잡아줬어

분이가 내게 물었어

너 시루팥떡 좋아해?

응 좋아해

그럼 우리 시루팥떡 미끄럼 타자

내가 맨 아래 엎드리고 분이와 남희가 내 위에 팥떡처럼
엎드렸어

셋이 함께 미끄럼틀 내려갔어

함박눈이 펑펑 웃었어

우리 언젠가 꼭 만나자

그때도 지금처럼 시루팥떡 미끄럼 타자

중강진 1

젊은 담임선생님은 지도를 가리키며
중강진이 한반도에서 가장 추운 곳이라 했다
그곳이 세계의 끝인가요?
내 눈을 들여다보던 선생님은
모든 끝은 새로운 시작을 의미한다고 말했다
그 말이 무슨 뜻인지 모르지만
나는 어느 추운 겨울날 중강진에 갈 거라 생각했다

어머니는 필라멘트가 나간 전구 알에
구멍 난 양말을 씌우고 촘촘히 꿰매셨다
두 켤레를 겹쳐 신으렴
학교 갈 때 춥지 않을 것이다
중강진도 갈 수 있나요?

어머니는 처녀 적 만주 봉천에서 살았다
하얀 솜옷에 무명버선 세 켤레를 겹쳐 신고 거리에 나가
나무함지 속 삶은 옥수수를 팔았다고 한다

작은외삼촌이 중강진에서 벽돌공장 인부를 했구나

추운 땅이라 벽돌이 많이 팔렸단다
풍금도 잘 치고 노래도 잘 불렀지
어머니가 중강진을 알고 있다니
양말을 겹쳐 신으며 나는 눈이 커졌다

마적을 하던 큰외삼촌이 집에 돌아온 날
서탑 거리 조선 사람들 호개 두마리 잡았다고 했다
함박눈이 펑펑 내리고 수수술 내음이 골목을 메웠다고 했다
호말을 탄 외삼촌과 털북숭이 동무들이 일렬횡대로
눈 덮인 벌판을 달리는 생각을 하는 동안 가슴이 뛰었다
그는 내가 모르는 세계의 끝을 가보았을 것이다

그가 밤마실 할 때 공식이 있었다 한다
회벽 집은 털지 않는 것
팔작지붕 집은 건드리지 않는 것
소작료 칠할 악덕 지주 곳간 열어 수수술 나누어 먹고
흥에 취해 진도아리랑 불렀다고 한다
눈보라 몰아치던 어떤 밤은
일본 헌병 주재소를 털었다고도 한다

자라면서 나는
중강진을 거쳐 만주 봉천에 가고 싶었다
허이허이! 말달리며 세상의 끝까지 달리고 싶었다
그러려면 어머니가 알전구에 꿰매준 양말을
몇켤레나 더 신어야 할지 모른다

아홉살 적 내 꿈은 마적이 되는 것이었다
중강진과 만주 봉천을 나와바리 삼아
계통 없이 사는 인간의 운명을 털고
신나게 다음 지평선으로 달려가는 것이었다

중강진 2

작은외삼촌이 큰외삼촌을 다시 만난 건
스물세살 봄날이라고 한다

중강진에서 이년간 벽돌을 굽다
형을 찾아 봉천으로 왔다고 한다
봇짐 하나 메고 왔는데
봇짐 속에서 말린 진달래 꽃잎 수북이 쏟아졌다 한다

조선 팔도에 진달래꽃 활짝 폈소
형이랑 진달래술 빚어 마시려고 꽃잎 말렸소

작은외삼촌도 큰외삼촌 따라 마적이 되었다 한다
말타기를 잘하고 총도 잘 쏘았지만
외삼촌은 음악을 사랑했다 한다

마적 중에 호림湖林이라 부르는 털북숭이 한족이 있었구나
그에게 얼후二胡를 배웠지
줄 두개인 작은 해금 같은 악기란다
십촉 알전구 불빛 아래 어머니 목소리는 흐려지고

오른쪽 어깨에 총을 메고
왼쪽 어깨에 얼후를 메고 말달렸다 한다
원족 나가지 않는 밤이면
호숫가 나무 아래서 얼후를 연주했다고 한다

　재스민꽃 속
　당신 걸어오네
　꽃향기 속에서
　지난밤 당신 생각만 해

동무들 목숨 하나 꺾인 밤이면
홀로 얼후를 안고 울었다 한다

　진달래꽃 핀
　달밤은 슬퍼
　당신 얼굴 달 속에 있네
　수수술 마시던 시간들
　언제나 그리워

작은외삼촌의 꿈은 비엔나에 가는 것
그곳에서 바이올린과 가곡을 공부하고 싶었다 한다
그곳이 작은외삼촌이 가고 싶은 세상의 끝인가요?
아홉살 나는 어머니의 눈물을 보고 말을 멈췄다

마적 삼년 만에 작은외삼촌 세상 떠났다 한다
신한촌에서 온 독립운동하는 조선 사람 만나러 갔다가
매복 나온 일본군 총 맞았다 한다

스물네살에 세상 끝을 찾아간 사내
그의 흙무덤엔 얼후가 함께 묻혔을 거야
그의 흙무덤엔 봄마다 진달래가 활짝 피어날 거야

오른쪽 어깨에 총을 메고
왼쪽 어깨에 얼후를 메고
말달리던 조선 사내의 모습
아홉살 내 기억에서 떠나지 않았다

중강진 3

내가 처음 만주 봉천에 들른 것은
1989년 깊은 겨울날이었다

공항에서 시내로 들어가는 밤길
가로등 불빛 하나 보이지 않았다
칠흑의 어둠
사회주의 중국
아홉살에 처음 이 도시의 이름을 듣고 이십칠년 만에 찾
아왔다
행운 탐험 모험 아웃사이더 혈육 지평선
마음에 떠오르는 단어들이 다 좋았다

호텔 복무원이 포트에 뜨거운 물 가져다주었다
침낭과 이불 둘러쓰고도 추운 밤
포트 속 뜨거운 물이 아침에 꽁꽁 얼어 있었다
잉크병 얼어드는 밤, 이용악의 시가 생각났다

뜨거운 물이 얼음으로 변하는 신비한 호텔의 아침
복무원이 뜨거운 물을 가져다주며 환하게 웃었다

남조선 사람은 처음 본다고 재스민차 두봉지를 내주었다
지상에서 처음 마시는 차
초원 냄새와 꽃향기

거리에 눈발 날린다
차고 따뜻하고 눈물겹다
하얀 솜옷 무명버선 세켤레 겹쳐 신고
어머니가 삶은 옥수수 팔던 날도
봉천 하늘에 눈발 펑펑 내렸을 것이다
지상에 없는 그리운 혈족들이
나의 봉천 입성을 환영해주는 느낌이 있었다

심양시 인민정부 청사
거대한 조각 군상이 눈에 들어온다
중국 내 56개 소수민족을 형상화한 기념 동상
군상은 112명 소수민족 남녀 한쌍을 새겼다
일만 이천 킬로미터 대장정을 마친
중국 홍군의 위대한 여정을 형상화한 작품

군상 주위를 천천히 한바퀴 돌았다
저고리와 치마, 흰옷 입은 조선 처녀 총각의 모습
깊은 울림과 함께 아쉬움이 있었다

만약 내가 이 기념 군상의 공동창작에 참여했다면
오른쪽 어깨에 총을 메고
왼쪽 어깨에 얼후를 두르고
말달리는 외삼촌의 모습을 새겼을 것이다

머리에 진달래꽃 꽂은 조선 처녀가
한 손으로 외삼촌 허리를 안고
한 손에 총을 들고
함께 세상의 끝
달려나가는 모습 새겼을 것이다

중강진 4

석탑石塔 거리에 들어선다
해방 이전 세상에서 가장 큰 코리아타운
골목골목 밥 짓는 냄새와 된장국 냄새
한글이 쓰인 가게 간판이 보이면 들어가 인사를 했다

한국에서 왔습니다
어르신 고향은 어디인가요

묻는 동안
함박눈이 내리고
개 짖는 소리 들렸다
석탑 골목 개 짖는 소리는
해방 이전 조선말로 짖는 것 같다
소월이나 백석이라면
뭐라 말하는지 해독할 수 있을 텐데

작은 구멍가게 선반에서
먼지 쌓인 마오타이 술 두병 찾았는데
수수로 빚은 이 술은 외삼촌들이

만주 벌판 달리며 즐겨 마시던 술이다

나는 또 작은 골동품 가게에서
복福 자가 새겨진 붕어 모양 놋쇠 자물쇠를 샀는데
한눈에 내 어린 시절 외갓집 마을 사람들이
반닫이나 장롱에 채워놓은 자물쇠였다

골목 안 가게 불빛들 반짝반짝 빛나고
여자아이들이 눈사람을 만들고 있었다
나는 그 눈사람 손에 얼후를 들려주고 싶었는데
거짓말처럼 얼후 소리가 들려왔다
손수레에서 파는 테이프 음반이었다

춤추는 눈발
아이들 웃음소리
개 짖는 소리
이명처럼 말발굽 소리 들려왔다

진달래단고기집에 들어가

수육 한접시에 수수술 한잔 마시는 동안에도
창밖에 수북수북 눈이 내렸다
어디선가 외삼촌의 호말 울음소리가 들렸다

여기서 말을 타고
눈길 사흘 달리면
중강진에 이를 텐데
선생님 한국에서 제일 추운 곳 다녀왔어요
아홉살 내 담임선생님 환하게 웃을 텐데

제 3 부

해남

산벚꽃 바람에 날린다
산수 공부 하는 1학년 아이들 목소리가 크다
딸기 두개 자두 세개를 접시 위에 놓아요 모두 몇개지요?
산더덕꽃 눈빛 초롱한 젊은 여선생님이 환하게 묻고
저요!
저요!
고물 경운기가 학교 담장 아래 지나간다
황톳빛 보리밭에서 보라색 햇살 냄새가 난다
처음 한글을 배우기 시작하던 봄날
사랑이 내게로 왔다
그것은 한줄의 시
피 냄새 없는 혁명이
꽃바람 속 불어왔다

구강포

비는 갈참나무 우산을 쓰고
갈밭 걸어가다 나를 만나네
나는 우산이 없으니 비를 보고 그냥 웃네
비는 천지사방에 뽀뽀를 하고 굽은 내 등허리에도 뽀뽀를
하네
비는 대놓고 뽀뽀하면서 부끄러움이 없다네
대낮에 비를 만나면 간지럽고 부끄럽다네

閑車萬籍

봄에 시집 만권을 소 수레에 싣고 월등 갔다
매화나무 복숭아나무 살구나무 꽃들이 천지사방을 뒤덮
었다
수염 허옇고 등이 휜 노인 하나 길에 서 있기에
소 수레의 시집 위에 태워드렸다
당신도 구름 수레 위에 올라탄 적 있는가
구름을 사랑하여 구름과 함께 세상 끝 떠돈 적 있는가
구름 속의 한 마을에서 노인을 내려드리고
호수가 있는 마을로 들어서는 동안 내 늙은 소가 푸르게
울었다

송화강

강물 위
해당화 핀 조선족 마을이 있다
곰취나물에 수수밥을 먹은 노인이 쟁기질을 한다
소는 목에 자운영 꽃목걸이를 둘렀다
이러 이러
자러 자러
모국어와 워낭 소리가 섞여 자운영꽃을 피운다
파랑새 한마리가 가끔 마을에 들르는데
혼자 사는 노인이 밥상머리에
강낭콩 몇알을 놓아둔다고 한다

평양냉면

옥류관 앞 줄 선 평양 시민들
하루에 오천명 냉면 먹는다 하네
좋구나 오천년 역사니 오천명이 줄 서네
나도 저 줄 속에 서서 기다리다
청진 앞바다 삼동 얼음 둥둥 떠내려오는
바닷물처럼 칼칼하고
해남 땅끝 앞바다 모시조개 국물처럼 시원한
평양냉면 한그릇 먹고 싶은데
꿈에서 만난 묘향산 산신령님 내게
이놈아 무슨 놈의 꿈이 그리 비루하냐 하며
줄을 선 나를 육모방망이로 쫓아내네
TV 속 북과 남 사람들 서로 만나
다시는 미워하지 말자 웃으며 냉면 곱빼기 먹는데
불쌍해라 오십년 비루한 시 쓰다 늙은 내 꿈은
바가지 하나 들고 평양 아바이들 속 줄 서
옥류관 냉면 한그릇 먹는 일

별똥 떨어진 곳

스무살 적에
그는 학생운동을 했지
화염병을 들고
페퍼포그 장갑차 앞에 서서 옷소매를 펄럭였지
서른살에 그는 광고회사의 팀장이 되었지
연인들이 어떤 맥주를 마셔야 하는지 다정하게 알려줬고
어떤 치킨을 밤참으로 먹어야 입사 시험에 합격하는지 속
삭였지
새로 지은 브랜드 아파트 분양 광고를 하다가
마흔이 되어 여당 대통령 출마자의 선거 참모가 되었지
당신이 좋아요 당신은 우리의 꿈이라는 카피를 썼지
오십이 되어 총선 공천을 얻어 국회의원이 되었지
사년 동안 악머구리 이리떼의 소굴을 전전하다 제 발로
나왔지
여의도를 떠난 그가 어디로 갔는지 알 수 없지
스무살이 되기 전 지용의 시를 좋아했고
언젠가 별똥 꽃 떨어진 곳 찾아간다 했지

덕칠 아재

배낭 한쪽에 태극기
다른 한쪽에 성조기 꽂고
덕칠 아재 주민센터 앞 지나가네
바쁘게 어디 가세요?
광화문 이순신 장군 보러 가
성조기는 왜 꽂으셨어요?
보기 흉하제? 나도 알아
태극기부대 사람들 다 우리나라 사람이야
된장국 먹고 김치찌개 먹어
미국이 우리나라 통일 도와줄 거라 믿어?
택도 없어 일본도 미국도 중국도
우리나라 통일 바라지 않아
그러니 우리가 미국 이기지 않으면 안 돼
그래서 내가 미국 국기 꽂고 다니는 거야
미국을 이기자!
매일 미국 국기 보며 다짐하는 거야
우리나라 지금 미국 눈치 보느라 정신없어
이게 자주국가야 식민지야?
태극기부대 사람들 욕하지 마

미국처럼 강한 나라 만들고 싶은 거야
미국에 기대지 않고
자주국가 민주국가 만들고 싶은 거야

秋夜憶鰍魚

나는 두부가 못마땅해
오천년 백의민족 개다리소반에
오르던 하얀 콩두부가
가을 추어탕 먹을 때면 맘에 들지 않아
남원댁이 추어탕 끓일 때
미꾸라지 속에 넣어주는 두부를 보면 마음이 무너져
미꾸라지들 두부 속으로 파고 들어가
펄펄 끓는 침탕기 속 숙회가 되고
된장 시래기 속 추어탕이 되지
난 가을 추어탕이 싫어
미꾸라지들 파고드는 두부는 끔찍해
미국 눈치 중국 눈치 정신없는 조선 관료들
반만년 백설 같은 순두부 속에 넣고
펄펄 끓여 돈사에 넣어주고 싶어

사랑해
미안해
어쩌지?

나라님도 의원님도
우리 손으로 뽑았으나
미국 눈치 중국 눈치 사팔뜨기 되어가는데
맑은 물 추어탕집 옹기 뚝배기 안에서
오천년 토종 추어들 살 뭉개져 우는데

송충이

밤새 사라센의 시장 거리 떠돌다 눈을 뜨면
여기는 한국
보스포루스해협 천년 묵은
향신료 바자르 물담배를 피우다 눈을 뜨면
여기는 한국
밤새 소호의 갤러리를 떠돌다
마네킹 닮은 큐레이터와 르네 마그리트 어쩌구 떠들다 눈
을 뜨면
여기는 한국
은색의 자작나무숲 속
족쇄를 찬 도스토옙스키와 함께 눈길을 걷다 눈을 뜨면
여기는 한국
얼음 뜬 베링해에서
트롤선의 새우 그물을 끌어올리다 눈을 뜨면
여기는 한국
초록의 골짜기
오체투지 하는 티베탄 뒤를
오체투지도 못하고 따라서 걷다 눈을 뜨면

여기는

장독대 곁

채송화 피는 한국

밥버러지

버러지가 기어간다
버러지가 기어간다
버러지가 기어간다
꿈틀
꿈틀
꿈틀
리듬이 기괴하다

버러지가 밥을 먹는다
돈까스 스테이크 팔보채 난자완스 탕수육 랍스터 킹크랩
스키야키 하모유비키 애저수육에 히잇 용봉탕 한그릇
걸쭉하게 먹고 버러지는 밥버러지가 된다

밥버러지는 버러지이므로
위장전입하는 데 어려움이 없다
나무 그늘이나 교회의 종탑이나
부동산중개사무소나 망설이지 않는다
당신의 목구멍 안으로 스며들 때도 있다

밥버러지는 다운계약서 위를 꿈틀꿈틀
기어가는 것으로 만보 걷기를 대신한다
당신은 밥버러지가 기어간
다운계약서에 눈 찔끔 감고 사인을 한다 Happy!

밥버러지는 콤플렉스가 있다
밥 먹고 똥 싸느라 가방끈이 짧아 걱정이다
어느날 동무 밥버러지가 가져온 논문에
슬며시 자기 이름을 새긴다
히잇! 나도 이제 박사야 밥버러지 박사

밥버러지는 꿈틀 꿈틀 꿈틀 기어간다
비와 눈과 바람 햇살 속을 가리지 않는다
젊은 날 한때 별을 보며 시를 쓰던 당신도
꿈틀 꿈틀 꿈틀 지나간다
콩가루가 떨어지면 주워 먹으려고

조선의 가을 하늘

한 손에 태극기
다른 손에 성조기 들고
아비야 시방 어디 가느냐
반도의 가을 햇살 임자도 소금밭인 듯 환한데
한 손에 펄럭이는 조국의 깃발
다른 손에 펄럭이는 이방의 깃발
나란히 외치는 모습 씁쓸하구나

녹두꽃 피고 지던 갑오년
보국안민 깃발 든 농민군들
일본군 기관총에 추풍낙엽 쓰러질 때
그들 손에 로스케 깃발이며 청나라 깃발
들렸다는 말 듣지 못했지

백설기보다 하얗고
배꽃보다 순결한 조선 처녀 총각들
3·1 독립만세 외칠 때
그들 손에 펄럭이는 것
하겐다즈도 유니언잭도 성조기도 아니었지

하늘과 땅과 사람의 조화
태극의 깃발 방방곡곡 펄럭였지
4·19, 부마항쟁, 5·18 때
우리 손에 들었던 것 조선의 깃발 태극기였지

5·18 때였지 미국 항공모함 푸에블로호가
광주를 구하기 위해 한국으로 오고 있다는
격문이 금남로 거리에 붙었었지
미국 항공모함이 광주를 구하기 위해서가 아니라
미국과 계엄군을 위해 왔다는 사실을 그땐 알지 못했지
절박한 그때도 단 한명 광주 사람 미국 깃발 흔들지 않았지

홍콩 사람들 요즘 성조기 흔들며 싸우지
미국이 저희를 도울 거라 생각하지
망상이 망상을 부를 때 그보다 슬픈 일은 없지
미국은 미국 이익을 위해 싸울 뿐
겉과 속 완전히 다르지
외세에 기댄다는 것
괴혈병을 막으려고 흑사병을 불러들이는 것과 같은 법

아비야 가을 하늘 파랑구나

흰 구름은 자꾸만 어디로 가자 손짓하는구나

산언덕 구절초꽃

바람에 날리는 생비단인 듯 푹신하고

억새꽃 은하수보다 신비한데

아비야 한 손에 태극기 들고

한 손에 억새꽃 구절초 꽃다발 들고

주말에 광화문 광장도 가고 서초동도 가자

미 대사관 정문에 흙탕물 젖은 이방의 깃발 수북이 쌓아
두고

천지인 우리 깃발 펄럭이며

팔천만 우리 힘으로 좋은 세상 만들자

無底坑圖

태어나는 순간
절벽으로 떨어졌다
어머니가 팔을 뻗어 핏덩이를 감싸안으려 했지만
그 또한 절벽에서 추락 중이었으므로
아이를 끌어안을 수 없었다
울면서 허공을 수직하강하는
모자의 손은 닿을 듯 닿지 않았다

모자의 주위에도
셀 수 없는 사람들이 절벽을 추락 중이었고
그들의 비명이 반도 안 허공을 채웠다
방금 공중출산을 한 사람들의
비명이 절벽의 제일 예리한 벽에 부딪쳐 흩어졌다

그중 날렵한 그림자 몇이
절벽 모퉁이를 부둥켜안았다
절벽 가장자리 모래로 만든 계단이 이어지고

계단을 따라 늘어선 사람들이
모래 은행에 들러 모래로 찍은 돈을 빌려
모래로 만든 아파트를 세채 네채 구입하고
어떤 자는 수백채를 구입하고
상권이 좋다는 모래 부동산을 사들였다

그들이 절벽에서 떨어지는 이들에게
헬로! 잠시 멈추고 여기 좀 봐
여기에 이국풍의 멋진 레스토랑을 차리는 거야
어린 송아지 구이와 철갑상어 요리를
지중해산 와인에 곁들여 먹은 다음
다시 떨어져도 후회 없을 거야
씨팔 이왕 떨어지는 김에 눈 호강 입 호강 좀 하는 게 무슨
죄야

몇은 국개의원이 되기 위해
모래 정당에 가입하고
모래 보스에게 꾸벅꾸벅 절을 하고
몇은 장관이 되기 위해

하루 종일 장을 관통하는 거짓말을 하고
아름다운 조국 살기 좋은 나라를 만듭시다 노래하지
완강한 그들의 혓바닥이
추락하는 내내 우리 곁을 떠나지 않지

태어난 내내 추락 중이야
절벽의 끝이 어디인지 알 수 없어
비참한 것은 오늘 막 허공에서 태어난 아이야
그가 생 내내 추락하는 모습을 지켜보는 것
남은 추락의 시간보다 고통스러운 일이야

*

엄마 왜 나를 낳으셨죠?
절벽이 아닌 꽃밭 한가운데 낳으면 안 되나요?
아가 이것이 우리가 만든 징벌이구나

모래 계단 위 일제와 손잡고
짝짜꿍놀이 한 개인간들을 정리하지 못하고

온갖 부패의 모래 계단 위에 함께 올라 춤추고
착하게 착하게 떨어지는 이들을 마음껏 조롱한
쓰레기들을 운명처럼 바라만 보았으니

아가 우리 빨리 떨어지자
쿵! 하고 부딪치는 소리 기다리며
착한 눈물을 허공에 뿌리자

                              *

마천루 위 스위트룸에서 웃는 그대여
당신도 태어나는 순간 절벽에서 떨어졌다
아무리 발버둥 쳐도 벗어날 길이 없다
쿵! 떨어지는 소리 끝내 만나지 못할 것이다

어느 신인 포탄 제조공의 노래

그가 외갓집 낡은 창고 안에서
녹슨 불발탄을 발견한 것은 우연이었다

포병으로 제대한 그가
미제 군용 담요 위에서 포탄을 분해하고
지포 라이터 불빛 아래 천천히 재조립하는 동안
마음속에 축제의 불꽃놀이 같은
밤하늘의 이미지가 태어났다

안개처럼 부드럽고 포근하게
화약을 장전하고
뇌관을 장착하여
첫 포탄 제조에 성공하였을 때
누군가의 살을 찢고 핏방울을 튀기게 하는 대신
마음속에 슬픔의 봄바람을 불러일으키고
희망의 불꽃들을 쏘아 올릴 수 있다고 생각하니 가슴이
뛰었다

밤을 새워 그가 만든 포탄들은 세상에 태어났고

한 군용 잡지의 편집자가 그 포탄의 위력을 알아차렸다
당신이 제조한 포탄의 이미지를 연재하도록 합시다

젊은 그는 피와 살과 고통의 시간들을 버무려
새로운 화약을 개발해냈고
포탄은 전장이 아닌 시장과 극장
학교의 칠판 위로 옮겨져 화려한 폭발음을 내었다

어느날 길을 걷다 당신은 문득 그가
당신의 심장을 향해 발사한 포탄 한발을 만날 것이다
강물 한가운데 놓인 징검다리를 걷다
물살을 거스르는 피라미떼
속으로 텀벙 떨어지는 포탄을 만날 것이고
어느 해 지는 버스 안에서 톨스토이를 펼친 사람의
가슴속에도 포탄은 펑펑 터질 것이다

단 한차례 다른 이의 다리와 어깨를 관통하지 않았지만
마음을 완전 무장해제하는 그런 포탄이 어디 없을까

그는 밤을 새우고 또 새우고

연필과 원고지와

코를 푼 휴지가 밤의 은하수를 덮을 것이다

성탄 전야

소년이 눈보라 속을 걷는다
숲속의 작은 통나무집
눈 쌓인 밤은 푸르다
소년이 통나무집 안으로 들어선다
성냥을 그어 램프에 불을 붙인다
창틀 앞에 아주 작은 눈사람이 엎드려 있다
소년이 눈사람에게 다가가 꼬옥 안아준다
사흘 내내 기다렸니?
이런 아무것도 안 먹었구나
소년이 눈사람에게 한 스푼 물을 먹인다
눈사람의 몸이 천천히 움직이는 것 같다
소년이 눈사람을 안아 식탁 위로 옮긴다
성냥을 그어 벽난로에 불을 붙인다
벽난로에서 밀감 빛 크리스마스캐럴이 쏟아져나온다
소년이 턱을 괴고 눈사람을 바라보는 동안
눈사람은 조금씩 녹아 고슴도치가 된다
고슴도치도 턱을 괴고 소년을 본다
이번에 도시로 간 일 잘되었단다
이제 혼자 남겨두고 가지 않을게

창밖에 눈보라가 날리고
밤은 성 마태수난곡처럼 푸르다

두륜중학교

두륜산 아래
두륜중학교
전교생 67명
그중 35명과 한 교실에서 시집 읽었네

두륜산 산벚꽃들
산길 내려와
저수지 물가에 줄지어 서고
시집 읽는 사이사이
아이들이 물었네

시 쓰는 게 즐거우세요?
사람이 싫을 때가 있으세요?

아이들 눈망울 속에 들어 있는
산벚꽃나무들이 좋아서
나는 그냥 웃으며
그럼 그럼

저수지 물가 고장 난 경운기 한대
벗겨진 붉은 칠 위에 꽃잎 쌓이는 걸 보며
그럼 그럼

광한루

등지느러미에 자줏빛 댕기 달고
홍화 물 들인 한지 합죽선
꼬리로 선선히 부치며
가물치 새악시 어디로 마실 가시나
수양버들 가지 수줍게 강물 만지는디
물봉선 꽃그늘 잉어 총각 장한 팔자걸음으로 나서네

임자 어디 가시오?
나는 시방 여기 있소

가물치 새악시 어깨를 툭 치는디
가물치 새악시 자주 댕기 한 자락 입에 물고
물봉선 그늘 속으로 들어가네

아따 밖이 환하고 좋은디
머시기 부끄럽다 그리하오

잉어 총각 물봉선 그늘 속으로 따라 들어가네
시상에나 만상에나 물봉선 꽃그늘은 오래오래 조용하고

오매 얼음 띄운 설아차 두잔 배달해주고 싶은디
어디 방법 없소?

먹감나무 의자

강의실 문이 열려 있다
한 유령이 틈 사이로 들어간다
서른개의 의자가 유령을 반겨준다
줄도 반듯이 맞춰져 있네
유령은 지난 이십년을 이곳에서 보냈다
죽음과 삶 두 공간 사이의 강의실을 유령은 방황했다

유령이 한 의자에 가만히 앉았다
비스듬히 잘린 나이테 주위에 먹물이 번진 것 같은 의자
였다
오랜만이에요 다시 만나 반가워요
의자가 유령에게 얘기했다
유령은 깜짝 놀라며
우리가 처음 아닌가요? 물었다
잘 기억해봐요 생각할 수 있을 거예요
정말 미안한데 생각나지 않아요

기억에 1980년일 거예요
우리 나무들은 해를 기억하는 방법이 있어요

구시리에서 두달을 보낸 적이 있지요?
맞아요 그곳에서 시를 쓰며 겨울을 보냈지요

작은 수목원과 우물이 있는 집
그 집에서 엉망진창인 고2 손자에게
팝송 가사를 가르치며 영어 과외를 하고
밥을 얻어먹으며 시를 썼다

아이를 처음 맡던 날
인마 고2가 담배가 뭐고 술이 뭐야!
여당 국회의원에 출마할 건축업자인 아이의 아비는
외제 승용차 안에서 야구방망이를 들고 와
아이를 후려쳤고 아비는 내게 다음번엔
선생도 가차 없어,라고 말했다

밤새 눈 내리고
눈 속에서 쓴 시를
아침에 아이에게 읽어주었는데
놀랍게도 아이는 그 시를 공책에 옮겨 적으며

시는 선생님의 머리에 들어 있는 거예요
가슴에 들어 있는 거예요
라고 물어 나를 놀라게 했다

아이와 나는 매일 아침
땅끝 가까운 남창까지 구보를 했는데
그때마다 나는 아이에게
마음대로 피워라, 담뱃불을 건네주었고
아이는 내게 선생님도 피우세요, 성냥불을 건넸다
군대가 주권자인 국민을 향해 총을 난사하던 무지한 시절
퍽퍽 연기 날리는 현산 황톳길이 좋았다

어느날 아이와 나는 남창까지
십 킬로미터를 달려 해장 당구도 치고 국밥도 말고
할머니들이 갓 잡은 뻘 낙지 세마리를 들고 돌아왔는데
마당에 아비의 외제 차가 있었고
아비가 아이에게 이게 뭐야? 하며
아이가 숨겨놓은 담배 한보루를 꺼냈다
아비는 아이에게 야구방망이를 휘둘렀고

나는 마루 위에 차려진 밥상을 들어 아비를 쳤다

음식 범벅인 밥상으로 얼굴을 맞은
아비가 툭툭 털고 일어서더니
한동안 나를 웅크려 보았다
선생 다음번에 이런 일이 있거든
작두로 손을 썰어버릴 줄 알아

아비는 차 시동을 걸고 광주로 떠났다
아이는 내게 그날 밤 집을 떠나라 했다
아비의 성격에 가만있지 않을 거라 했다
젊은 날 아비가 조폭의 행동대장을 하며
누군가의 손목을 작두로 잘랐다는 이야기도 들려주었다

나는 그날 아이와 함께 잤고
아무 일도 없었다
그뒤 놀랍고 무서운 일이 하나 있기는 했다
월급이 약속보다 이만원 올랐던 것이다

삼십팔년 세월이 흘렀다
아이와 아비가 뭘 하는지 소식은 끊겼다

그 집 샘가에 있던
먹감나무 생각나세요?

그 나무가 먹감나무인지 정확히 몰랐지만
두레박줄이 걸린 샘가의 그 나무를 나는 안다

벼락을 맞았구요 둥치가 부러져
목공소로 팔려오게 되었지요
그게 나예요
당신을 그때 처음 보았지요

의자 위에 엎드려 조용히 울었다
내가 유령이 아닌 때를
기억하는 이가 있으리라는 생각을 못했다
의자에서 일어나
강의실 창문을 다 열었다

바람이 훅 불어왔고
매미 소리의 파도가 폭풍처럼 밀려왔다

제 4 부

수국

몬순에 꽃이 피네
꽃에서 비 냄새 나네
수국
수국
어떤 글자들은 인간의 혀를 떠나서도
홀로 보랏빛으로 빛나네

몬순에 꽃이 피네
꽃에서 엄마 냄새 나네
아지사이
아지사이
열일곱 우리 엄마
수국에 입 맞추네

꽃 장수

젊은 여자 약사가
할머니의 구부러진 등에
파스를 붙이는 모습을
낡은 손수레가 바라보고 있다

오매 시원허요
복 받으시오

손수레 위
서향 두그루
라일락 세그루
할머니가 손수레 끌고
오르막 동네 오르는 동안
햇살이 낡은 지붕들 위에
파스 한장씩 붙여준다

가난한 집들의 뜰에서
할머니 등의 파스 냄새가 난다

자목련

다리원에서 우동을 먹었다
기계면에서 봄 냄새가 났다
홀로 짜장면을 먹고 있는 사람이 보였다
단무지 곁에 놓인 보라색 모자 생각이 난다
우동을 먹고 나와 동천 강변길 걸었다
바람에 꽃잎 떨구는 자목련 한그루 보았다
나무 아래 서 있으니 나무가 내게 물었다
우동은 맛있었나요?
홀로 짜장면 먹던 이가 누구인지 비로소 알았다

바람

두 팔을 들고
맨발로 걸어가네
나무도 나비도 꽃도 웃네
구름 위 엄마
빼꼼히 내려다보며 웃네
형체를 버리면 자유로워져요
몸 안에 팔만 육천사백편의 쓰다 만 시가 있죠
이것들도 곧 다 버릴 거예요
지옥이 여기서 얼마나 가까운지
우리 생각하지 말아요
그래도 엄마 우리 지옥에서 보지 말아요
그냥 바람 되어
세상 여기저기 떠돌아요

낡은 컬러사진

우리 엄마
수국색 포플린 치마 입고
수국색 양산 아래 웃고 있네
수국색 바람이 치마 주름에 볼 비비네

지난밤이었네
은하수 속을 스쳐가던 행성 하나
엄마!라고 부르는 소릴 들었지
부드럽게 펄럭이는 수국색 치마 주름에 대고
나도 엄마!라고 불러보네

잠이 들어
엄마가 사는 세상에 찾아가면
엄마의 사진 한장
엄마가 아침에 일어나 기도하는
창가에 놓아둘 것이네

엄마 내가 왔어요!
라고 말하는 소리 듣지 못하고

엄마는 가만히 사진을 바라보다가
가슴에 꼬옥 껴안겠지요

용오름마을_{雲龍}

용오름마을 옛이야기에
푸른 용이 백년에 한번 짚신 신고
채송화 핀 땅으로 내려온다네

열여덟 작은이모
「나와 나타샤와 흰 당나귀」 좋아했네
나이 들면 용오름마을 산 마가리에 오두막 짓고
백석 시와 살 거라 했네

스무살
시집갈 적
꽃가마 빌릴 돈 없어
봇짐 들고 혼자 운룡리 산 넘어갔네

흰 무명 치마저고리
귓가에 채송화꽃 꽂았네
산 넘어 처음 본 시냇물에 이르러
얼굴 한번 비춰보았네

흐르는 물속 환하게 웃는
북관의 사내여

시냇가에 짚신 한켤레 있어
고운 발로 가만히 신어보았네

소뎅이마을鳳田

목침은
하루 종일
봉전 봄 바다 바라보다가
마실 나온 동네 할마씨들
귀신 씻나락 까먹는 소리 신물 나게 들어주다가
얼굴이 까맣게 삭았는데
띠에 십원 민화투 치며 막걸리 추렴하던 노인들
해 저물어 집으로 돌아간 뒤
홀로 깜박거리는 섬마을 불빛들 바라보다가
문득 제 살았던 숲속의 젊은 날이 생각나는데
꽃들 환하고
물소리 참 좋았는데
아름드리나무들이 어린나무들 쓰다듬어주느라
숲에서는 하루 종일 어린 바람들이 태어났는데
목침은
까만 얼굴에서 눈물 한방울 툭 떨구는데
그때 어디서 날아왔는지
부전나비 한마리 목침 위에 날아와 앉네
둥글고 긴 수염과 날갯짓

목침의 까만 얼굴을 두루 간질이는데
꽃들 지천으로 피고
바람은 따스하고
엄마 나무는 환하게 웃으며 서 있는데

파람바구마을 弄珠

이순숙 할머니
길에서 만났다

파람바구라는 옛 이름을 지닌 바닷가 마을
눈발이 날리는데 할머니 손에 호미를 들었다

마을회관에서 동무들과
십원 내기 화투를 치다 이백원을 잃고
대낮에 일을 안 하면 죄가 될 것 같아
산밭 이랑이라도 좀 헤적일 양으로 나왔다 한다

한차례도 본 적 없는 할아버지 이야기를 펼치는데
인물도 좋고 머리도 좋고 애기 각시 마음에 다 좋았다 한다
혼자 한글을 깨쳐 군내 백일장에 나가 상을 타 오기도 했
는데
결혼한 지 십년 안 돼 못생기고 키도 작다며 할머니에게
집을 나가라 했다 한다

동네가 안 보이는 바닷가 비탈에 작은 오두막 짓고

홀로 개펄을 막아 염전을 일구며 살았다 한다
선학에서 와온으로 가는 갯길
지금은 갈대 무성한 그 염전을 나는 안다

십몇년이 뚝딱 지나고
소금 돈을 좀 벌었소

어느날 갯일 끝내고 집에 돌아왔는데
나 쫓은 양반이 아랫목에 턱 앉아
서방이 왔는데 밥상 안 내고 뭐 하느냐 호통합디다
밥상 차리는데 눈물은 막 흘러도 마음은 좋습디다

작년에도 과천 사는 아들 카센터 차리는 데 천만원 없는
이억 주었소
다들 공부시키고 집도 사주고 했으니 원도 없소

눈이 천지사방 펄펄 날리는데
이순숙 할머니 이야기하다 눈사람 되어
호미 들고 산비탈 오르셨다

선학仙鶴

대청마루 위
할머니와 손녀
감자 세알이 환하다

기둥에는 두해 전 세상 떠난
할아버지의 붓글씨가 누렇게 바래 붙어 있는데
山山水水無説盡이라 쓰인
문자의 뜻을 아는 이는 이 집에 없다

할머니가 감자 껍질을 벗겨
소금 두알을 붙인 뒤
손녀의 입에 넣어주는 모습을
마당귀 도라지꽃들이 보고 있다

도라지꽃은 깊은 뿌리를 지니고 있다
할머니가 시집온 그날도 그 자리에 머물러 꽃대궁 흔들
었다
도라지꽃에서는 구들장 위 함께 모여 잠을 자는 식구들의
꿈 냄새가 난다

눈보라가 날리고 얼어붙은 물이 쩡쩡 장독을 깨뜨리는 무
서운 겨울밤을
　할머니는 아가야라고 부른다

　도라지꽃들이 바람에 흔들리고
　대청 위 할머니도 손녀도 감자를 담던 사기그릇도 보이지
않는다
　주련의 글귀도 사라지고
　먼지가 뿌연 마루 위를
　도라지꽃들이 바라보고 있다

초적 草笛

노랗게 바랜
지용의 옛 시집과
강은교의 첫 시집을 들고
길을 걸었다

소가
느리게 우는 길이었다
함께 갈래?
세상의 모든 소는
눈 안에 하나씩의 호수를 지닌다

꽃다지꽃 무성한
풀밭에 누워
소에게
지용과 강은교의 시를
읽어주었다

다음번엔
이들에게 방금 쓴

자작시를 읽어달라 부탁할게

구름의 길을 따라
다시 걸었다

혼자 떠나는 것이 미안해
꽃다지꽃밭에
두권의 시집을 놓아두었다

반월半月

파란색 얼룩이 있는
부전나비 한마리
소라상회 깨진 유리창 앞 팔랑팔랑 지나
빈집 돌담 위 다 삭은 낙지 통발 지나
땡땡땡 바다가 보이는 분교장
쇠종 소리 속으로 스며들어갔다
종소리 속에서 달래 냄새가 났다

쇠리花浦

우리 할매 바늘귀에
맨 처음 찾아온 바람은
눈 내리는 밤이 좋아
아침까지 할매 곁에 누웠다가
눈 그친 아침
눈밭 위에 떨어진 붉은 동백꽃 따라 떠나갔지요
우리 할매 아흐레 밤 내리 바느질하다
바늘귀에 무명실 꿰지 못하고
노란 눈곱들 송홧가루처럼 펄럭일 때
눈부신 황금실 들고 다시 찾아오지요

섬달천

섬 귀퉁이 포구 마을의 집들
작은 성냥갑을 쌓아놓은 것 같네
어느 외로운 신이 성냥 한알 그어 불붙이면
집들의 창에 분홍색 노란색 분꽃 피어나네
세월 또한 시간의 집들을 쌓아놓은 마을
이리의 운명을 사랑한 외로운 여행자여
그대 마음의 묵은 성냥 한알 꺼내
치지직 세월의 창에 분꽃 피우기를
궁핍과 광란의 시간들 다 놓아 보낸 생의 저물녘
마을회관에서 만난 할머니가 수제비 한그릇 떠주네

망룡 望龍

착한
세월이 하나
눈 오는 밤이 하나

마을의 집들
손잡고
설국 가는데

눈보라 속 해금 소리
삼한 적인 듯 맑아라

양푼 가득
얼음 뜬 동치미 들고

고라실 할망구
사립문 두드리네

화지 禾旨

서당골 산자락
봄비 오시네

늙은 매화나무야
뭐 하느냐
시커먼 돌담아
뭐 하느냐
처녀 복숭아나무야
뭐 하느냐

순천 아랫장 가는 버스에
할마씨 냄새
달롱개 냄새 가득한데

오방색 물감
계곡에 풀어
붓 한자루 들고
쪼르르 달려가지 않고
시방 뭐 하느냐

자두꽃 핀 시골길

우리고물상 지나
용당식물원 지나
낙원주유소 담장 위 노란 호박꽃
어린 태양의 축제 같아라
시가 찾아와 깜빡이등 켜고
길가에서 시 쓰는데 경찰이 달려오네
주정차 금지 구역 열심히 설명하는 젊은 경찰에게
면허증을 건네니
뭐 하셨소? 묻네
호박꽃이 좋아 시를 쓰는 중이었소, 하니
호박꽃이 좋으오? 또 묻네
아니오 평소엔 자두꽃을 좋아한다오
그가 천천히 면허증을 건네주며
다음번엔 자두꽃 핀 시골길에서 시를 쓰오, 하네

늙은 시인은 새 시집 읽는 게 두렵지 않다

늙은 시인이 종이 가방을 들고
강을 따라 걸어간다

수양버들 가지 사이
밀화부리 노래가 맑다
시인이 수양버들 아래 앉아
오랜 동무의 노래를 듣는다

시인이 종이 가방에서 시집 한권을 꺼낸다
첫 장을 찢어 종이배를 접는다
종이배는 강물을 따라 졸졸졸 흐른다
시인이 다른 시집의 첫 장을 찢어 종이배를 접는다
종이배는 물살을 따라 명랑하게 흐른다
일곱권의 시집으로 하나씩의 종이배를 접었을 때

염소가 왔다

염소는 음매 배가 고프다
염소에게 첫 장이 없는 시집을 준다

염소는 시집을 먹으며 웃는다
시집을 열심히 먹으면 언젠가 자신도
종이배가 되어 강을 따라 흐를까 생각한다

종이배와 염소가 있으니
시인은 새 시집 읽는 게 두렵지 않다

가난한 마을로 오는 푸른 기차
시를 시작하는 청춘들에게

봄, 비닐봉지에 담긴 은하수

ㄱ

징검다리를 걷습니다.
안녕, 미르!

징검다리에는 내가 붙여준 미르(龍)라는 이름이 있습니다. 하늘의 용처럼 날아오르렴. 나는 늘 미르에게 말합니다. 미르에는 서른한개의 디딤돌이 있습니다. 이내가 낄 무렵 열두번째 디딤돌 옆의 작은 디딤돌에 앉습니다. 이 디딤돌 좌우에 갈대가 자랍니다. 해 뜨고 질 무렵 갈대 사이 작은 디딤돌에 앉는 걸 좋아해요. 앉아서 시도 쓰고 커피도 마시고 디딤돌과 이야기도 나눠요. 디딤돌에 부딪는 강물 소리 들으며 세상 이곳저곳 떠돌아다닐 적 생각도 하지요. 강 이름은 동천이에요. 해가 뜨는 쪽으로 흘러가지요. 당신 혹 이곳에 들러 나란히 앉을 생각 없는지요. 좋아요, 꼭 오세요. 사는 게 무엇인지, 어쩌다 시를 쓰게 되었는지, 세상의 꽃과 바람과 눈보라, 얼어붙은 대지와 새들의 노래에 대해 얘기해요.

ㄴ

한국전쟁 직후에 태어났지요.

어머니는 내가 태어난 순간을 당신의 방식으로 얘기해주었습니다. 추석 지나고 첫서리 내린 날 저녁 밥숟가락을 놓은 뒤. 아이를 원치 않았던 어머니는 독한 금계랍을 물도 없이 몇번이나 삼켰다는군요. 아이는 그 속에서 태어났습니다. 못할 짓을 했구나. 아이에게 어머니는 늘 미안함을 지녔습니다. 바람이 불 때, 배가 고플 때, 하늘의 별을 볼 때 어머니의 촉촉한 눈망울이 떠오릅니다. 걱정 마세요, 어머니. 저지금 잘 지내고 있습니다. 시도 쓰고 여행도 하고 학교에서 이십년 동안 시를 가르쳤지요. 어머니 생각하며 시 몇편 썼는데 마음에 드실지 모르겠군요.

몬순에 꽃이 피네

꽃에서 엄마 냄새 나네
아지사이
아지사이
열일곱 우리 엄마
수국에 입 맞추네

                                                            —「수국」부분

처녀 시절 어머니가 수국 곁에서 흑백사진 찍었습니다. 어머니는 수국을 아지사이라고 불렀습니다. 수국도 예쁜 이름이지만 아지사이는 더 예뻐요. 아지사이라고 말할 때 어머니 생각이 나지요. 어머니가 떠난 은하수 생각도 나요.

엄마는 소를 타고
지평선 쪽으로 계속 갔고
나는 강나루에서 내려
엄마를 향해 손 흔들었다

해가 지고
바람 속에서 호두 냄새가 났다
호두 바람 속에서는 펌프 샘 가에 앉아 울던
엄마의 눈물 냄새가 난다

                                            —「호두 바람」부분

보리 익는 냄새 좋은 날 어머니와 함께 강을 따라갔습니다. 운전하던 내게 어머니가 말했지요. 길이 끝이 없었으면 좋겠구나. 말도 기억도 추억도 다 망실한 줄 알았지요. 끝까지 함께 가요,라고 말하지 못한 큰 미안함 내게 있습니다. 함께 지내지 못했던 오십년 세월, 갈라선 이데올로기도 철조망도 없는데 우리에게 금계랍의 강물 있었습니다.

ㄷ

네살 무렵 기차 여행을 했습니다.

만주에서 돌아와 벽돌공장 인부로 일하는 외삼촌이 나를 데리고 일터로 간 거지요. 밤 기차 안에 물건을 파는 이가 있었는데 공생원이라 불렀습니다. 외삼촌이 한쪽 팔에 은색 갈고리가 달린 공생원으로부터 사탕 봉지 하나를 사주었습니다. 반짝이는 갈고리가 무서웠지요. 전쟁 때 팔을 잃은 사람이란다. 봉지 안에 색색의 별사탕이 들어 있군요. 빨강 파랑 노랑 초록 하양. 가슴에 꼭 껴안았지요. 창밖에 별들이 반짝였습니다. 밤하늘의 별을 한번 보고 봉지 속의 별사탕을 한번 보고 그렇게 밤 기차는 흘러갔습니다. 내가 지닌 최초의 기억, 아름다움에 대한 첫 인식이지요. 추석 지나고 첫서리 내린 날 저녁 밥숟가락을 놓은 뒤. 나는 내가 태어난 시간이 참 좋습니다.

ㄹ

  미르 주위에 봄꽃들 환합니다.

  민들레 금창초 꽃다지 바람꽃 별꽃 산새콩 냉이꽃 현호색
큰개불알꽃. 봄꽃들을 보고 있으면 내 몸이 바람이 되는 것
같아요. 꽃들을 가만히 흔들고 싶은 거지요. 꽃들의 귀에 대
고 아침 햇살 속에 쓴 시들을 읽어주고 싶은 거지요. 난 냉이
꽃을 좋아해요. 동천에 사는 참새들, 봄날 아침식사로 뭘 먹
는지 아세요? 냉이꽃이에요. 냉이꽃을 콕콕 쪼아 먹는 참새
들 보면 요정 같아요. 꽃이 지고 씨가 여물면 참새들은 씨를
먹어요. 콕콕콕 참새들이 냉이 씨를 먹는 거 보며 지난밤 쓴
시 읽어줘요.

    천지사방 꽃향기 가득해라
    걷다가 시 쓰고
    걷다가 밤이 오고
    밤은 무지개를 보지 못해
    아침과 비를 보내는 것인데

    무지개 뜬 초원의 간이역
    이슬밭에 엎드려 한 노인이 시를 쓰네

                       —「세월」부분

□

비가 그친 뒤 봄 강물 냄새 꽃보다 좋아요. 해 뜨는 내내
강물에 코를 대고 있으면 행복해져요. 아침 햇살 속에서도
강물 냄새가 나요. 아침의 코가 좋아요. 아침의 코는 눈보다
귀보다 이마보다 시를 사랑해요.

아마르 꺼삐따
내가 처음 혼자 여행한 도시의 이름 혹 아세요?

아마르 꺼삐따. 내가 앉은 디딤돌에게 붙여준 이름이에
요. 아마르 꺼삐따,라고 부르면 디딤돌이 빙그레 웃어요. 어
느 순간 세상에서 제일 사랑하는 말이 되었죠. 무슨 의미인
지, 당신 한번 생각해보세요.

초등학교 4학년 때 강진에 있는 이모 집을 찾아갔지요. 아
침에 출발한 버스는 해 질 무렵 강진에 닿았습니다. 웅덩이
가 이어진 황톳길을 달리다 바퀴에 펑크가 났지요. 면소의
펑크 수리점에서 타이어 수리를 합니다. 타이어 속의 튜브
를 꺼내 고무 대야의 물속에 넣고 누르면 펑크가 난 곳에서
공기 방울이 뽀글뽀글 일어납니다. 물방울들이 신기했죠.
그때 대여섯살 되어 보이는 수리공의 아이가 대야의 물에
종이배를 띄웠지요. 버스가 떠날 때까지 뒤뚱대는 종이배의

모습을 보았습니다. 종이배를 보면 세상의 누군가 여행을 떠나는구나, 생각해요.

　강진에서 두가지 행운이 있었습니다.

　하나는 도서관이었지요. 군립 도서관에서 매일 동화책을 읽었습니다. 『재크와 콩나무』『피노키오』『백설공주』『알리바바와 40인의 도적들』을 여기서 읽었습니다. 끼니 걱정 안 하고 동화책 속에 빠져 지낸 시간. 콩깍지 속 나란히 누운 완두콩처럼 행복한 시간이었지요.

　도착 날 이모부가 새 옷을 사주고 이발소에 데리고 갔습니다. 이발소 의자에는 어린아이가 앉을 때 키를 높여주는 나무판자가 있었습니다. 의자 양쪽 손잡이 위에 판자를 깔고 그 위에 엉덩이를 얹으면 이발사가 머리를 깎기 편해지는 것입니다. 부끄러운 일이 있었습니다. 이발 기계로 머리를 밀면 기계독이라 부르는 부스럼 딱지들이 그대로 드러났지요. 큰 부끄러움 아니었을지도 모르겠습니다. 그 무렵 기계독이 없는 아이를 찾기란 힘들었으니 말이지요. 학교에서는 머릿니를 잡는다고 하얀색 포르말린을 머리에 붓고 깡충깡충 뛰게 했지요. 요즘 같으면 상상할 수도 없는 일이지만 누군가 후유증으로 고생한 기억은 없습니다. 나무판자 위에 앉아 머리를 깎습니다. 벽에 걸린 액자들 모습 눈에 쑥 들어오는군요.

삶이 그대를 속일지라도
슬퍼하거나 노여워하지 마라
슬픔의 날을 참고 견디면
언젠가 기쁨의 날이 올지니
— 뿌쉬낀

시몽 너는 좋으냐
낙엽 밟는 소리가
가까이 오라
우리도 언젠가는 낙엽이 될지니
— 구르몽

　읽는 순간 좋았지요. 삶이 그대를 속인다는 말이 신비했
고 그럼에도 노여워하지 말라는 말에 고개를 끄덕였습니다.
삶이 우리를 속인다는 개념을 그 무렵의 내가 이미 지니고
있었는지도 모르겠습니다. 낙엽이라는 단어는 알고 있었지
만 언젠가 우리도 낙엽이 될 거라는 생각은 하지 못했습니
다. 그냥 좋았지요. 사람이 낙엽이 될 수 있다니. 나도 언젠
가 낙엽이 되면 바람 속에서 세상 이곳저곳을 팔랑팔랑 날
아다니겠지요. 그날 소월도 만났습니다.

　엄마야 누나야 강변 살자

뜰에는 반짝이는 금모래 빛
뒷문 밖에는 갈잎의 노래
엄마야 누나야 강변 살자

읽고 있는데 눈물이 나오더군요. 엄마의 정을 흠뻑 받고
자라지 못한 아이에게 이런 시는 형벌이나 다름없습니다.
아무리 노력한다 해도 불가능한 세계이니까요. 그런데도 좋
았습니다. 언젠가 다시 엄마가 생긴다면 나도 강변에서 갈
잎 노래를 들으며 함께 살 수 있을 거라는 생각을 했지요. 마
음의 호수에 내려앉은 가랑잎 하나. 시의 팔딱이는 숨결을
처음 느낀 시간이었습니다.

골목길 낡은 이발소나 면소의 오래된 다방에 들어가는 것
을 좋아합니다. 그 집의 벽에 걸린 시 속에 내 마음 안 오래
된 파라다이스가 있습니다. 조금은 유치할 듯싶은 그림과
함께 적힌 예전의 시를 읽으면 마음이 따스해집니다. 소박
하고 유치하고 다정한 꿈. 좋은 시는 세월이 지나도 우리에
게 같은 꿈을 전해줍니다. 삼년이나 오년 사람의 관심을 끄
는 데 성공했지만 삼십년이나 오십년, 백년 지난 뒤 마음을
흔들지 못하면 살아 있는 시가 아니지요.

여름, 푸른 몸의 기차를 꿈꾸었네

ㅂ

신비한 일이 있었습니다.
미르 곁 갈대밭에 사슴이 나타난 것이지요.

문예창작과에서 시 공부를 하는 학생 둘이 교정에서 별을
보며 새벽까지 시를 썼습니다. 함께 쓴 시가 서로의 마음에
들었지요. 일출을 보기 위해 동천에 나왔는데 미르 옆에서
사슴을 만난 것입니다. 사슴도 둘이었습니다. 사진 속 꽃무
늬 선명한 사슴이 눈망울을 반짝이는군요. 너희가 시 쓰는
모습 보기 좋아 시의 신이 보내준 선물일지도 몰라. 선생의
말에 둘은 기뻐했습니다. 그때 내 마음 안에 사슴들이 혹 미
르를 건너지 않았을까 하는 생각 있었지요. 내가 좋아하는
징검다리를 밤의 사슴들이 건너는 모습 가만히 생각합니다.

밤 기차가 지나갑니다.
밤 기차의 단풍잎 같은 차창을 보는 것 좋아합니다.
미르 위에 서서 손을 흔들어요.
차창 안의 사람들 모습 인형 같습니다.
태엽을 감고 가만히 놓으면 춤을 추는 인형
내 태엽은 어디 있지? 몸을 만져봅니다.

어린 시절 내내 기차역 곁에 살았지요.

　세계의 가난한 이들은 왜 기차역 곁에 모여 살까요? 어느 새벽 텅텅 빈 푸른빛의 기차가 역에 닿습니다. 가난한 마을 사람들이 모두 그 기차에 올라타고 어디론가 떠나는 것이지요. 목적지를 모르지만 다들 환하게 웃는군요. 잠도 자지 않고 바뀌는 창밖의 풍경을 봅니다. 언젠가 올지 모르는 그 기차를 타기 위해 역 근처에 모여 사는 것 아닐까요. 밤 기차를 보면 손을 흔들게 됩니다. 마음에 신비한 꿈이 일지요.

　학교가 파하면 기차역 선로에 떨어진 조개탄을 주워 모았지요. 증기기관차의 화부는 조개탄을 네모난 큰 삽으로 화덕에 집어넣었고 그때 선로에 떨어진 조개탄을 모아 역 앞의 식당이나 만두 가게에 가지고 가면 먹을 것과 바꿀 수 있습니다. 아이들 주먹만 한 조개탄을 한바가지 주운 날은 행복한 날이었지요. 오늘은 조개탄을 많이 줍게 해주세요,라고 기도한 날이 있었습니다.

　밤에 저탄소에 몰래 기어들어가 석탄을 파 오는 일은 위험한 일이었습니다. 성공하면 조개탄과 비교할 수 없는 보상이 따랐지만 잡히면 끔찍했지요. 어느 새벽 선로원들이 잠들었을 시각에 석탄을 파다가 붙들렸습니다. 빰을 맞고 옷이 찢기고 엉덩이를 채어 쓰러져 울다가 눈을 떴을 때 선로 가장자리에 강아지풀 한 줄기가 바람에 흔들리는 것을 보았습니다. 울지 마렴. 세상엔 조개탄보다 더 귀한 것들이 있어. 그것들을 찾게 될 날이 올 거야. 강아지풀의 목소리가 들리는 것 같았습니다. 그날 이후 나는 세상의 모든 슬픈 일에는 울지 않습니다.

　　봄이 왔지
　　저탄장 인부들이 하품을 하고
　　탄차 위에 고물고물 아지랑이 일고
　　구호미 자루 끌고 조개탄을 줍던 오후
　　탄 더미에 꽂혀 있던 강아지풀
　　한송이 보았지

　　바람에 흔들리면서
　　선선히 고개를 숙이면서
　　푸른 옷에 햇살이 부시면서
　　안녕 부끄러운 초면례를 했지
　　정희라고 이름을 주었지
　　풍금을 치던 손이 하얀 인제약국 딸
　　　　　　　　　　　　　　　　　——「대인동 7」 부분

　첫 시집 속의 시 「대인동 7」에 그 강아지풀 이야기를 적었지요. 인제약국집 딸은 초등학교 4학년 때 우리 반이었습니

161

다. 고왔지요. 그 아이의 모습 속에 새벽 저탄장에서 만난 강아지풀 모습이 들어 있었습니다. 산책길에 강아지풀을 만나면 곁에 쭈그리고 앉습니다. 안녕, 오십오년쯤 전 광주역 저탄장에서 강아지풀 한송이 만났지. 혹시 나 기억나?

人

기차들은 요즘 기적 소리를 잃었습니다. 어느 밤 몸이 푸른 빈 기차가 와서 기적 소리를 내지 않고 출발한다면 역 근처 가난한 사람들의 꿈은 어떻게 될까요. 불행한 일이지요. 빈 기차를 기다리는 동안, 기찻길 옆 오막살이가 이상향입니다. 아가들은 해마다 태어나고 옥수수도 잘 자라니 큰 굶주림 없을 것입니다. 가난한 마을에는 기차를 기다리며 밤새 시를 쓰는 이 있습니다. 어느 새벽 그가 외칩니다. 푸른 기차가 왔어요! 모두 일어나세요!

인도에서 지낸 시간 생각나는군요.
오십도의 기온, 먼지와 악취 속을 걸었습니다. 숙소는 전기가 끊기고 베개 밑에 빈대들의 알이 오붓하게 모여 있지요. 낡은 침대 가장자리를 바퀴벌레들이 대낮에도 지나다녔습니다. 붉은색과 초록색 비늘로 덮인 뱀이 혀를 날름거리며 화장실 밖에서 기다린 적도 있었지요. 감자 두알, 밀크티 한잔으로 버티는 하루가 좋았습니다. 몸을 한없이 학대할

162

때 영혼은 샘물처럼 맑아집니다.

걷고 걷다가 버틸 수 없을 때 기차를 탑니다. 오아시스이지요. 이박 삼일 때로는 삼박 사일, 덜컹거리는 기차 바퀴 소리를 들으며 낮에는 시를 쓰고 밤이면 자장가 소리 삼아 잠이 들곤 했지요. 특별한 목적지를 찾아갈 필요 없습니다. 흐르는 강물처럼 꽃 피는 마을, 해 지는 지평선을 넘는 것이지요. 안거를 끝낸 승려가 운수행각을 떠나는 자유로움 있습니다.

삼등 침대차 차창에
별 두개 떴다

엄마별
아가별
손잡고 어디로 가나

호숫가
재스민꽃 많이 피어

해 뜨기 전
십 루피 꽃목걸이
스무개도 엮는다네

———「알레피 익스프레스」전문

콜카타에서 남인도 알레피로 가는 열차를 탔습니다.

상중하 두줄로 여섯개의 침대가 놓인 삼등 열차입니다. 새벽에 깨어 창밖의 푸르스름한 어둠을 바라보는데 꽃 냄새가 나는군요. 은은하고 신비했습니다. 푸른 몸의 기차가 플랫폼으로 들어오는 느낌 있습니다. 낮고 고요한 노랫소리가 들리는군요. 희미한 실내등 아래 불가촉천민 차림의 두 사람이 보이는군요. 할머니와 어린 소녀입니다. 소녀가 할머니를 붙들고 웁니다. 노랫소리의 주인공은 할머니였습니다. 세상의 맑고 서러운 노래, 눈이 먼 이만 부를 수 있습니다.

샨티니케탄의 초등학교 생각납니다.

이 학교에서는 해가 뜨는 시각 전교생이 모여 타고르의 시를 노래했습니다. 타고르는 아이들을 위해 이천오백편이 넘는 아름다운 시 노래를 만들었지요. 매일 아침 아이들 뒤에 서서 타고르의 시 노래를 들었습니다. 어느날 여자 교장 선생님이 내게 다가왔습니다. 왜 우는가? 나도 모르게 눈물 흘렸군요. "평화롭고 아름다워요. 세상의 학교들이 아침의 첫 수업을 시로 시작한다면 얼마나 좋겠는지요." 그이가 고개를 끄덕였습니다.

손주의 손을 잡은
할머니는 노래를 부르고

소녀는 꽃목걸이를 팝니다.

갓 따 온 재스민꽃 향기가 새벽 기차 안을 은은히 적십니다. 침대 맨 아래 칸에 누운 나는 지폐 한장을 소녀가 지닌 통에 넣습니다. 소녀가 재스민꽃 목걸이 하나를 내게 건넵니다. 왜 눈물이 나오는지 알 수 없습니다.

자이구르! 낮은 목소리로 소녀에게 인사를 합니다. 인도의 집시인 바울이 즐겨 사용하는 이 인사말은 '지금 내 앞에 서 있는 당신의 모습이 참 아름답다'는 의미입니다. 내 앞에 서 있는 모든 이가 아름다운 세상, 이곳이 바로 시가 꿈꾸는 천국 아니겠는지요. 소녀도 내게 자이구르! 따뜻하고 촉촉한 목소리로 인사하는군요. 할머니와 소녀가 불행하다고 생각하지 않습니다. 불행한 쪽은 나이지요. 이게 내가 지상에서 한 일이야,라고 누군가에게 떳떳이 건넬 말이 없습니다. 사는 내내 욕망과 집착, 허언으로부터 자유롭지 못했지요.

소녀의 통에
지폐를 넣는 순간
내 손이,
내 몸의 아주 작은 일부가
구원받는 느낌이었지요.
이른 새벽 호숫가에서

꽃을 따고
기도를 하고
기차에서 꽃을 팔고
하루를 살아가는 모습

내가 꿈꾸는 삶
내가 꿈꾸는 시의 모습입니다.

o

이내가 이는 시각
한 서양인 여행자가 미르를 건너옵니다.
마지막 디딤돌에 멈춰 서는군요.
카메라를 든 그가 허리를 숙이고
자신이 건너온 쪽을 바라보고 있습니다.
그에게 말을 걸었습니다.

What are you waiting for?
──Light.
Good! Sometimes I write my poem at the same place.
──Really? I am taking a picture of your poem this time.

영국에서 온 마이클과 짧은 시간 친구가 되었습니다. 웃장 국밥집에서 함께 순댓국밥 먹습니다. 일년 반 머문 적 있는 비스바바라티대학의 저녁 풍경 얘기했지요.

밤의 대학촌은 수백년 묵은 나무들과 꽃들의 향기로 자욱합니다. 초승달 아래 한 무리의 여학생들이 줄지어 지나갑니다. 반딧불의 춤만큼 고요한 노래를 부르는군요. 무슨 노래인가요? 줄 끝의 여학생에게 물었습니다. 샨티니케탄 아슈람 송. 타고르의 시라고 했습니다. 타고르는 학교를 아슈람, 명상의 집으로 부르는 걸 좋아했지요. 반딧불 반짝이는 숲길을 함께 걸었습니다. 알전구 불빛 희미하게 빛나는 낡은 건물. 기숙사 식당입니다. 숲 냄새 속에서 기도와 함께 저녁을 먹는군요. 하루 일을 끝내고 저녁 식탁에 앉은 사람들이 수저를 들기 전에 시를 읽는 세상! 이런 세상 우리 곁에 올 수 있을까요.

지상에 낮이 있고 밤이 있습니다.
해와 달, 무지개와 별이 교대로 파수를 서는 신비하고 아름다운 시간이지요. 시를 쓰는 데 이보다 더 완벽한 시간 있을 수 없습니다. 햇살 속에 꽃을 피우고 은하수 속으로 떠나는 하얀 배에 영혼을 실을 수 있습니다. 지상의 시인을 꿈꾸는 당신, 낮에는 빛나고 아름다운 낮의 시를, 밤에는 새롭고 신비한 밤의 시를 쓰세요. 언젠가 시의 신이 보낸 푸른 몸의 기차에 오를 수 있을 것입니다. 당신의 시를 사랑하는 사람들이 저녁 밥상 앞에서 당신의 시를 읽을 것입니다. 마이클에게 미르에서 아침에 쓴 시 읽어줍니다.

> 엄마 오리 등에 오른
> 아기 오리
>
> 아기 오리가 다 자라면
> 푸른 하늘로 날아간다네
>
> ──「아기 오리」전문

ㅈ

대학 1학년 시절
신동엽과 김지하, 타고르의 시를 만났습니다.

신동엽과 김지하의 시에서 채찍에 맞는 꽃의 비명을 들었다면 타고르의 시는 산 너머에 있는 아이스크림 가게를 떠올리게 했지요. 초승달이 뜬 숲길을 걸어 아이스크림 가게의 문을 두드리는 거죠. 강의를 빼먹고 교정의 풀밭에 엎드려 바람이 풀잎을 일분에 몇번 흔드는지 헤아리다 타고르의 시를 읽곤 하였지요. 그때 타고르의 나라에 찾아가 타고르의 시를 그의 모국어인 벵골어로 읽고 싶다는 생각 하였습니다. 삼십오년이 지나 타고르의 땅을 밟았지요.

168

당신의 눈은

황혼의 신의 고즈넉한 마법

당신이 나를 바라보면 내 마음 안

깊고 푸른 하늘의 정원에 별들이 꽃을 피웁니다

누군들 이 마음의 보석 상자를 본 일 있겠는지요

오직 당신의 눈을 통해

나는 내 마음속 신비한 꽃밭을 봅니다

당신의 침묵은 내게 기억할 수 없는 하늘의 침묵입니다

당신은 종일 내 영혼의 머리칼에 하늘의 샘물을 붓습

니다

ー타고르 「얼굴」 전문

샨티니케탄Santiniketan. 타고르가 만든 이상향입니다. 평
화를 사랑하는 전세계의 시인 음악가 건축가 화가 조각가
사상가 들이 모여 사는 이상의 마을을 1930년대에 만든 것
이지요. 벵골어 공부 많이 힘들었습니다. 남녀 구분이 있고
시제의 변화가 있으며 어미 변화와 겸양법도 있습니다. 낮
과 밤에 따라 사물의 명칭이 바뀌는군요. 사람의 이름도 밤
과 낮에 따라 달리 부릅니다. 모음이 열두개, 자음은 쉰개가
넘지요. 우리 귀에 같게 들려도 벵골 사람들에게는 달리 표
기되는 자음도 몇 있습니다.

닐리마Nilima, 푸른 하늘. 내 벵골어 선생님 이름입니다. 벵골어문학과를 은퇴한 전직 대학교수인 할머니는 푸른 하늘이라는 이름과 전혀 다른 스파르타교육주의자였지요. 폭풍우 치는 하늘이었습니다. 오전 다섯시에 일어나 밤 열한시까지 매달렸지요. 두주일 만에 벵골어 받아쓰기를 시작했습니다. 무슨 뜻인지 모르지만 닐리마가 말하는 문장을 소리 나는 대로 적는 것입니다. 두달이 지날 무렵 읽고 쓰는 것이 가능해졌습니다. 무슨 생각으로 버텼는지 아세요? 이 문자들을 익히면 타고르의 시를 읽을 수 있다! 그렇게 생각하니 모든 게 가능해졌습니다.

"세상의 문자들이 왜 존재하는지 아세요? 시 때문입니다. 그 문자로 그 나라의, 그 민족의 시를 쓰고 읽는 것이지요. 길에서 만난 외국인과 서툰 외국어로 소통할 수 있습니다. 시는 모국어로만 가능합니다. 어머니가 젖을 물리며 처음 들려준 언어이지요. 모국어에는 어머니의 다정한 눈빛 부드러운 젖 냄새 자장가의 향기가 들어 있습니다. 갓 태어난 아기에게 신의 음성인 거죠. 신의 음성으로 자신만의 시를 쓰는 거예요." 내가 이 이야기를 닐리마에게 했을 때 작은 탄식이 있었습니다. "아마르 꺼삐따!" 아마르는 일인칭 소유격, 꺼삐따는 시입니다. 나의 시! 닐리마 선생님이 내게 최고의 찬사를 보낸 것이지요. 그래요, 세상의 모든 모국어는 시

때문에 존재하는 거예요. 어머니가 물려준 언어로 당신만의 시를 쓰세요. 당신이라는 플랫폼으로 푸른빛의 밤 기차가 천천히 들어오는 모습을 보아요.

가을, 아름다움이 세상을 덮으리라

ㅊ

 가랑비 촉촉이 내리는 저녁.
 피리 소리가 샨티니케탄의 묵은 숲을 적시고 마을의 집들을 감싼 어둠을 적십니다. 피리 소리를 따라 밤의 숲길로 들어갔지요. 그곳에서 피리를 불고 있는 한 바울을 만났습니다. 다음 날부터 그에게 피리 레슨을 받기로 하였지요.

 보름달 환한 랄반뿌꾸르. 벵골 보리수나무 아래서 피리 레슨을 받습니다. 랄반뿌꾸르, '붉은 황톳길 가의 호수'라는 뜻의 벵골어입니다. 타고르는 이 호수에 작은 배를 띄우고 바울의 노래를 들으며 달빛 속에서 시를 썼습니다. 자연과 신에 대한 맑은 시편들이 서구인의 마음을 흔들었고 1913년 노벨문학상을 탔지요. 바울의 시와 노래가 없었다면 타고르의 시도 없었을지 모릅니다.

반딧불이들이 모여든 나무는 크리스마스트리 같다
호숫가의 두칸 흙집 새 아기 울음소리 우련 짙다
별똥별의 긴 꼬리에서 배내똥 냄새가 난다
소쩍새 울음소리가 찰랑찰랑 호수를 채운다
——「적빈寂貧 1」 전문

　바울이 즉흥으로 피리 연주를 합니다. 반딧불의 춤이 하늘의 은하수를 옮겨놓은 것 같습니다. 한국의 해철 은진 민호에게 전화 걸었지요. 여기 반딧불의 천국이야. 달빛이 거울 같아. 실시간으로 피리 연주를 들려주었습니다. 눈물은 또 왜 나오는지요. 연주를 마친 바울이 자신이 불던 피리를 내게 건네줍니다. 자신이 불었던 곡을 연주해보라 하는 것 같습니다. 고개를 저었지요. 뒤에 알았습니다. 바울이 원했던 것은 자신을 따라서 연주하는 것이 아니었습니다. 자신의 곡을 들었으니 이제 너의 곡을 연주해보렴, 이었지요. 바울의 전통적인 레슨 방법이었습니다. 한 아름다움 곁에 놓인 또 하나의 새로운 아름다움. 아무리 아름다운 곡이라 할지라도 누군가의 그것을 흉내 낸다면 아름다움이 아닐 것입니다.

　한시간 동안 반소리, 벵골 피리의 8음계를 겨우 익혔습니다. 내가 머무는 숙소의 이름, 반소리 호텔이 무슨 뜻인지 그때 알았지요. 피리 호텔 303호. 노란색의 챔파꽃이 담장을

따라 핀, 방이 열개쯤 있는 작은 호텔. 달빛이 훤히 드는 큰
창 곁에서 잠이 들면 피리 소리 하나가 곁에 다가와 내가 알
지 못하는 푸른 밤의 이야기들 밤새 들려줄 것 같군요. 레슨
이 끝나고 그가 내게 자이구르!라고 말하며 손을 잡았습니
다. 의미도 모른 채 나도 자이구르!라고 답례했지요. 비스바
바라티대학에서 만난 영문과 선생이 내게 그 의미를 설명해
주었습니다. 자이는 빅토리, 승리이며 구르는 스승의 의미
라 했지요. 직역하면 '스승의 승리'인데 이 말의 의미는 '지
금 네 모습 참 보기 좋다, 너를 이렇게 아름답게 만든 이가
누구인가, 그 스승의 승리를 위하여!'라는 것이었지요.

자이구르!
세계의 아름다움에 눈뜬 당신
아침에 눈부신 아침의 시를 쓰고
저녁에 신비한 밤의 시를 쓰는군요.
반딧불 반짝이는 만월의 호숫가에서
사랑하는 이에게 읽어줄 청춘의 시를 쓰세요.
하루 일을 끝내고 돌아와
김치찌개 앞에 앉은 이들을 위한 평화의 시를 쓰세요.
굴뚝 위에 올라가 겨울을 넘긴 노동자들이 바라보는
밤하늘의 은하수 같은 시를 쓰세요.
헤어진 지 칠십년 절망이 깊은 이들을
밤새 위로해줄 샘물 같은 시를 쓰세요.

ㅋ

고등학교 1학년 가을날 생각나는군요.

교정에서 M을 만났습니다. 눈길 머무는 세계의 곳곳에 노란 은행잎이 날렸지요. 열심히 시 쓴다는 얘길 들었다. 우리 동인 할까? 그가 동인이라는 말을 했을 때 깜짝 놀랐습니다. 동인은 이미 이름을 얻은 시인 소설가 들의 그룹이라는 것이 그때의 내 생각이었지요. 고등학교 1학년이 동인을 할 수 있다는 생각은 하지 못했습니다. 그가 주머니에서 구겨진 종이 한장을 꺼내주었지요. 어젯밤에 내가 쓴 시야. 그가 건네준 시를 읽으며 또 한차례 놀랐습니다. 지금도 그 시의 첫 연을 기억하지요.

여자가 데친 사과 빛 얼굴을 하고
가을 속으로 떠났다
바람이 새들의 날개깃에서 부풀고 있다

데친 사과 빛 얼굴을 한 여자의 이미지가 가슴을 떠나지 않았습니다. 사과를 데친다는 표현, 내 상상 밖의 일이었지요. 여자는 떠나고 새들의 날개깃에서 부푸는 바람. 그 바람이 나라는 생각 들었지요. 시가 운명적으로 찾아왔습니다. 밥을 먹을 때 시를 쓰고 걸어가면서 시를 쓰고 몇끼를 굶을 때 시를 쓰고 잠이 들어 꿈속에서 시를 썼습니다. 하루

86,400초, 남은 고교 시절 모두를 시에 바쳤습니다.

E

그 시절은 따뜻했습니다.
시 외엔 다른 꿈이 없었지요.

공부해라 밥 먹어라 양말 신어라, 이런 말을 듣지 않고 자란 운명 자체가 따뜻했을 수 있습니다. 기실 이런 말을 매일 듣고 자랐다면 시 쓰기가 쉽지 않았겠지요. '용광'이라는 이름의 동인을 만들었습니다. 어떤 쇳물도 녹여내는 용광로 같은 시를 쓰자는 의미였을 것입니다. 그 무렵 나는 김춘수의 무의미 시를 좋아했고 강은교의 허무에 관한 시편들을 좋아했습니다. 사랑스러운 일이 있었습니다. 합평하는데 동인들이 쓴 시가 김춘수나 강은교가 쓴 시 못지않게 좋다는 느낌이 든 것이지요.

고3 어느날, M이 시를 발표할 차례입니다.
칠판에 시를 적고 합평을 하는 것이지요. 그날 M의 시가 나를 실망시켰습니다. M에게는 나를 실망시킬 자유가 없습니다. 그는 내 스승이나 다름없으니까요. "단 한줄도 살아 있는 구절이 없다. 이렇게 쓰려면 죽는 게 낫다"고 폭언을 퍼부었습니다. 그가 가방을 뒤지더니 군용 대검을 꺼내

들었지요. 모두 긴장했습니다. 그가 대검을 자기 목에 대고 큰 소리로 외쳤습니다. "내가 못 죽을 줄 아냐?" "죽어라 비겁한 자식, 쓰레기 같은 시나 쓰고!" 핏발 선 M이 대검을 겨누고 동인들을 향해 달려왔지요. 광주의 충장로 길은 서울의 명동 길입니다. 충장로 길에서 대검을 들고 쫓고 쫓기는 모습을 본 시민들이 신고했고 경찰차가 출동했습니다. 그날 우리는 광주경찰서에 붙들려 갔습니다. 생전 처음 조서를 썼지요. 경찰관이 물었습니다.

왜 대검을 들고 쫓아갔나요?
내가 쓴 시를 쓰레기라고 말했습니다.

고개를 들어 우리를 보던 경찰관이 다시 물었습니다. 찌를 생각이 있었습니까? M은 정직했습니다. 다른 생각 없었습니다. 학교의 훈육 선생님이 급하게 달려왔지요. 경찰관이 선생님에게 조서를 보여줍니다. 왜 대검을 들고 쫓아갔나요? 친구들이 내 시를 쓰레기라고 했습니다. 경찰관이 선생님에게 묻습니다. 이게 가능한 얘긴가요? 한참을 바라보던 훈육 선생님의 목에서 나온 말은 예!였습니다. 그날 우리는 선생님 덕에 훈방조치 되었습니다. 경찰서를 나오며 선생님은 우리에게 꾸중 한마디 하지 않았습니다. 행복한 시절이었지요. M은 경희대 문예창작 장학생 선발 시험에 장원하고도 진학을 하지 못했습니다. 예비고사의 서울 지역에 합격하지 못한 것이지요. 훌륭한 스승의 모습이었습니다. 그는 내게 열정을 넘어선 언덕, 단순한 광기라고 부를 수 없는 격렬한 순정의 세계를 가르쳐주었습니다.

ㅍ

미르에서 물소리 듣습니다.
전화가 오는군요. 해철입니다.
뭐 하냐? 동천강에서 시 쓰냐?

나는 핸드폰을 강물 가까이 대고 해철에게 흐르는 강물 소리를 들려줍니다. 해철과 '용광' 동인에서 만났지요. 스승 M과 해철은 범접할 수 없는 생의 이역을 지니고 있었습니다. TB Patient. 전후에 많이 발병했습니다. 기침과 각혈, 문학병이라고 불렸지요. 파스, 하이드라지드, 마이암부톨. 그들이 상용하던 약 이름이 지금도 기억에 남아 있습니다. 같은 증상을 앓고 함께 붉은빛의 재채기를 하고 싶었지요. 해철의 골방에서 함께 자며 그가 날숨을 낼 때 코를 대고 들이켜기를 밤새 반복했습니다. 합평이 없는 날은 2본 동시상영하는 계림극장에서 보내곤 했습니다. 퀴퀴한 영화관의 어둠과 지린내 속에서 시를 쓰며 행복했습니다. 두려움? 제일 좋아하는 일을 하는데 왜 두려움을 느껴야 하죠? 질풍노도의 파랑이 있었습니다. 우리가 다닌 고등학교, 단 한번 우리에게 수업 들어라 공부해라 하는 말 하지 않았지요. 시를 쓰거나 그림을 그리거나 하는 학생들을 야구부 학생처럼 대해주었습니다. 좋은 학교였지요. 그 속에서 해철은 전남대 의과대학에(의과대학보다 공과대학이 더 인기가 있던 시절이었지요), 1학년 가을 학기 이후 국영수 교과서를 본 적 없는 나도 전남대 문과대학에 합격했으니 시의 신의 따뜻한 배려에 머리를 숙일밖에.

대학 1학년 봄날
농과대학의 숲에서 해철과 매일 만났습니다.

아카시아꽃 향기 바람에 푹푹 날렸지요. 제목을 정해 두 시간 동안 시를 쓰고 서로의 시를 합평했지요. 군대 가기 전까지 이 시간은 지속되었습니다. 그때 해철이 입은 단벌 바바리코트 생각나는군요. 우리 아버지가 엄마랑 연애할 때 입었던 옷이야. 이마에 반창고를 십자형으로 붙인 해철이 다 낡은 바바리코트 이야기를 할 때 몹시 사랑스러웠습니다. 6·25동란을 겪은 낡을 대로 낡은 회색빛 바바리코트 같은 시, 꼭 쓰기를. 아카시아꽃이 지면 목백합꽃이 피고, 플라타너스에 말매미가 울고, 단풍이 물든 느티나무 잎들이 바람에 날렸지요. 해철과 내가 평생 써야 할 시의 토대는 이때 만들어진 것으로 생각됩니다. 스무살의 해철이 숲에서 쓴 시 한편 여기 적습니다

178

눈시울에 뜨는 그믐을
싸리 보라 꽃으로 가리우고
해마다 진 꽃들이
강 건너 외길을
하나둘 세며 오는
강마을 작은 등불을 보다

불빛 속에
숨진 꽃들을 일으켜 세워
자운영, 수수꽃다리
그해 시집가는 누님의
맨드람 얼굴도
빛나는 꽃잎을 펼치어 들고

자욱이 뿌려진 불꽃 아래
꽃, 송이끼리 아우러지는
다스운 경사慶事의 밭
눈시울에 뜨는
그믐을 꽃잎으로 가리우는
싸리, 뜨락에
고운 꽃보라, 기억의
겨울 화단으로

늘 하나둘 세며 오는

강마을의 가물거리는 불꽃이여

———— 나해철 「화단에서」 전문

ㅎ

기다리는 일은 시나브로 우리 곁에 다가옵니다.

미르를 건너오다 사슴을 만났습니다.

일출 시각 갈대밭 속에 서 있다 나를 만난 것입니다. 착하고 맑은 눈빛. 이승의 어디선가 이 눈빛을 만난 것 같은 느낌 있습니다. 안녕, 잘 지냈어요? 뭐 하고 지냈어요? 나 사실 보고 싶었거든요. 언젠가 나타날 줄은 알았지만 이렇게 빨리 만날 줄은 몰랐네요. 혹시나 해서 새벽 두시에 동천에 나오기도 했지요. 그가 천천히 나를 봅니다. 그이의 눈빛 속에서 어머니의 눈빛을 보게 될 줄 몰랐습니다. 어머니가 어린 내게 들려준 푸른 기차 이야기를 여기 적습니다.

어머니에게 형제가 아홉 있었습니다. 어머니는 일곱째였지요. 여동생과 남동생이 하나씩 있었고 위로 오빠와 언니였습니다. 일제강점기, 아버지와 두 오빠는 만주로 떠났지요. 외할머니는 매일 새벽 인시에 산골짜기 당샘에서 샘물을 길어왔습니다. 마을 당산나무 아래 정화수를 떠놓고 매일 치성을 드렸지요. 우리 나그네와 아들들 무사하게 해주세요. 남경에서 중국인 수십만명이 일본군에게 참혹하게 학살을 당한 시절 조선 사람들의 목숨도 불안불안했습니다.

어느 새벽 당샘에서 샘물을 뜨던 외할머니 눈앞에 수박만 한 불덩이 두개가 보였지요. 호랑이였습니다. 외가 마을 옛 이름이 호복리였지요. 호랑이가 엎드린 마을이라는 뜻입니다. 외가 마을에서는 호랑이를 산신령이라 불렀습니다. 산신령님 산신령님, 우리 나그네와 아들들 건강하게 잘 돌아오게 해주세요. 외할머니는 산신령님과 눈을 맞추며 함지박을 가슴에 안은 채 천천히 뒷걸음질 쳐 당산나무 아래 이르렀지요. 무싯날처럼 정화수를 차리고 치성을 드렸습니다. 다음 날 인시에도 외할머니는 당샘에 갔습니다. 산신령님이 해치지 않을 거라는 믿음이 있었습니다.

추석이 가까운 어느날 외할머니가 어머니에게 심부름을 시켰습니다. 집에서 기르던 토종닭 두마리를 장에 가서 돈 사 오라 했지요. 마을 언니와 함께 영산포장에 갔습니다. 닭을 금세 팔았는데 함께 간 언니가 역에 가서 기차 구경을 하고 가자 했지요. 바퀴에서 칙푹칙푹 수증기를 뿜는 증기기관차의 모습 장했습니다. 함께 기차 구경을 하던 사람들이 이 열차를 타면 만주 봉천까지 간다고 하였지요. 봉천은 이 기차의 종착역이었습니다. 봉천에는 얼굴을 못 본 지 여러 해인 아버지와 오빠들이 살고 있었지요. 그때 어머니의 나이 열아홉. 어머니가 그날 무슨 일을 했는지 혹 짐작하시겠는지요. 열아홉살 어머니, 닭을 판 돈으로 봉천 가는 삼등 기차표를 끊었습니다. 아버지가 봉천 어디에 사는지도 모른 채 그냥 열차에 오른 것입니다

　봉천 가는 기찻삯이 얼마인 줄 아니?
　그 당시 돈으로 일원이었구나.

　얘기할 때 한없이 촉촉해지는 어머니의 눈빛을 기억합니다. 이 이야기를 할 때 어머니는 살아 있었지요. 아주 잠시 삶의 폭폭함과 쌓인 증오로부터 편안해질 수 있었습니다. 열아홉 어머니가 기차 타고 봉천 간 이야기는 정신과 삶에 덧없이 가난했던 어머니가 내게 물려준 소중한 유산입니다.

　　어머니는 처녀 적 만주 봉천에서 살았다
　　하얀 솜옷에 무명버선 세켤레를 겹쳐 신고 거리에 나가
　　나무함지 속 삶은 옥수수를 팔았다고 한다

　　(…)

　　마적을 하던 큰외삼촌이 집에 돌아온 날

182

서탑 거리 조선 사람들 호개 두마리 잡았다고 했다
　함박눈이 펑펑 내리고 수수술 내음이 골목을 메웠다고
했다
　호말을 탄 외삼촌과 털북숭이 동무들이 일렬횡대로
　눈 덮인 벌판을 달리는 생각을 하는 동안 가슴이 뛰었다
　그는 내가 모르는 세계의 끝을 가보았을 것이다

　그가 밤마실 할 때 공식이 있었다 한다
　회벽 집은 털지 않는 것
　팔작지붕 집은 건드리지 않는 것
　소작료 칠할 악덕 지주 곳간 열어 수수술 나누어 먹고
　흥에 취해 진도아리랑 불렀다고 한다
　눈보라 몰아치던 어떤 밤은
　일본 헌병 주재소를 털었다고도 한다

　자라면서 나는
　중강진을 거쳐 만주 봉천에 가고 싶었다
　허이허이! 말달리며 세상의 끝까지 달리고 싶었다
　그러려면 어머니가 알전구에 꿰매준 양말을
　몇켤레나 더 신어야 할지 모른다

　아홉살 적 내 꿈은 마적이 되는 것이었다
　중강진과 만주 봉천을 나와바리 삼아

계통 없이 사는 인간의 운명을 털고

신나게 다음 지평선으로 달려가는 것이었다

—「중강진 1」부분

어머니의 봉천 이야기, 아홉살 내 가슴을 흔들었지요. 내일 일을 모르는 것이 사람의 운명이지만 내겐 알 수 있는 한 가지 운명이 있었습니다. 언젠가 봉천에 가서 어머니와 외할아버지 외삼촌들이 살았던 집을 찾아가는 것입니다. 언젠가 그분들의 이야기를 서사시로 쓰고 싶은 꿈, 그때 태어났지요.

ㅏ

1989년 겨울날 봉천을 찾았습니다.

예정된 운명이었지요. 심양 시에타石塔의 조선 사람 골목길을 뒤졌습니다. 어머니는 외할아버지의 집이 이층으로 된 목조 다다미집이라 얘기했습니다. 나팔꽃 줄기가 이층 창까지 올라왔다는 얘기도 했지요. 개방되기 전, 석탑 거리에는 여전히 조선 사람들이 많이 살았고 도라지식당, 원래遠來 단고기집, 백란파마점 같은 조선글 간판들도 흔했습니다. 콜타르를 바른 목조 이층 건물이 보이면 잠시 멈춰 서서 혹 조선말 소리가 들리는지 귀 기울였습니다. 문이 열려 있거나 가게를 만나면 우리말로 안녕하세요, 혹 조선분 아닌가요?

물었지요. 정말로 조선 사람이 사는 이층집을 만난 적도 있
습니다. 한번도 만난 적 없는 외할아버지 냄새가 나는 것 같
았지요. 여기서 언제부터 사셨냐고 물을 때면 가슴이 설렜
습니다. 골목길에서 나이가 많이 드신 조선 사람을 만나면
밑도 끝도 없이 일제시대 이곳에서 살았던 문영춘씨 아세
요?라고 묻기도 했습니다.

내가 처음 만주 봉천에 들른 것은
1989년 깊은 겨울날이었다

공항에서 시내로 들어가는 밤길
가로등 불빛 하나 보이지 않았다
칠흑의 어둠
사회주의 중국
아홉살에 처음 이 도시의 이름을 듣고 이십칠년 만에
찾아왔다
행운 탐험 모험 아웃사이더 혈육 지평선
마음에 떠오르는 단어들이 다 좋았다

호텔 복무원이 포트에 뜨거운 물 가져다주었다
침낭과 이불 둘러쓰고도 추운 밤
포트 속 뜨거운 물이 아침에 꽁꽁 얼어 있었다
잉크병 얼어드는 밤, 이용악의 시가 생각났다

뜨거운 물이 얼음으로 변하는 신비한 호텔의 아침
　복무원이 뜨거운 물을 가져다주며 환하게 웃었다
　남조선 사람은 처음 본다고 재스민차 두봉지를 내주
었다
　지상에서 처음 마시는 차
　초원 냄새와 꽃향기
──「중강진 3」 부분

　봉천에 들른 이유가 하나 더 있었지요.
　1980년대 중반 우리 문단의 진보 진영에 문예창작 주체 논쟁이 일었습니다. 노동 현장에 직접 종사하는 노동자 농민이 아니면 진정한 창작의 주체가 될 수 없다는 것이 논쟁의 핵심이었습니다. 중국공산당은 대장정 시기 연안에서 모든 예술은 당의 이념에 복무해야 한다고 선포하였지요. '연안 문예 강좌'로 알려진 사회주의 문예이론이 한국의 군사독재 정권과 싸우는 한 무기로 받아들여졌습니다. 철근공 목수 광부 버스안내양 농민 봉제 노동자들이 시집을 냈고 이 시집들이 1980년대 '시의 시대'를 여는 한 축이 되었습니다. 박노해의 시집 『노동의 새벽』은 미증유의 베스트셀러가 되었지요. 5월 광주를 한복판에서 경험하고 죽음 속에서 살아나온 나로서는 시가 역사에 복무해야 한다는 이념을 마음속에서 받아들였습니다. 좋은 시를 창작하는 주체가 될 수 없

다 해도 좋은 세상이 온다면 그것이 더 아름다운 일이라 생
각한 것이지요. 그때 마음의 밀물이 일었습니다. 사회주의
중국에 가자! 그곳에서 사회주의 예술의 현장을 직접 보자!

　　심양시 인민정부 청사
　　거대한 조각 군상이 눈에 들어온다
　　중국 내 56개 소수민족을 형상화한 기념 동상
　　군상은 112명 소수민족 남녀 한쌍을 새겼다
　　일만 이천 킬로미터 대장정을 마친
　　중국 홍군의 위대한 여정을 형상화한 작품

　　군상 주위를 천천히 한바퀴 돌았다
　　저고리와 치마, 흰옷 입은 조선 처녀 총각의 모습
　　깊은 울림과 함께 아쉬움이 있었다

　　만약 내가 이 기념 군상의 공동창작에 참여했다면
　　오른쪽 어깨에 총을 메고
　　왼쪽 어깨에 얼후를 두르고
　　말달리는 외삼촌의 모습을 새겼을 것이다

　　머리에 진달래꽃 꽂은 조선 처녀가
　　한 손으로 외삼촌 허리를 안고
　　한 손에 총을 들고

함께 세상의 끝

　　달려나가는 모습 새겼을 것이다

──「중강진 3」 부분

ㅑ

　1990년 두번째 사회주의 중국을 여행했습니다.

　아름다움이 있는 여행이었지요. 72일간의 이 여행이 나를 자유롭게 했습니다. 중국 대륙을 횡단하는 여행을 했습니다. 연안과 서안을 거쳐 우루무치에 이르렀지요. 이상한 일이 있었습니다. 사회주의 예술의 핵심인 공동창작의 현장을 볼 수 없었습니다. 당시 한국에서는 미술판의 대형 걸개그림들이 대유행이었지요. 모든 행사의 전위에 공동창작된 걸개그림이 나섰습니다. 광주에서 열린 제1회 비엔날레에 맞서 안티 비엔날레가 열렸고 망월동 묘지로 가는 길이 색색의 만장들로 뒤덮였지요. 집단창작이 빚은 열정적인 예술의 힘! 중국에서 그 모습을 찾을 수 없었습니다. '뇌봉을 배우자!'는 선전 문구가 TV 뉴스 시간에 빠지지 않았지만 예술과 상관없는 정치적 선전 활동이었지요. (벌목 노동자인 뇌봉이 중국공산당이 만든 정치적 캐릭터라는 사실은 뒤에 알았습니다.)

　연길에서 연변대학 조문학과의 최용린 선생을 만났습니

다. 그에게 물었습니다. 심양에서 본 56개 소수민족 군상이 웅장하고 아름다웠다. 공동창작의 현장을 볼 수 있는가? 그때는 가능했지만 지금은 아니다,라는 놀라운 답이 돌아왔습니다. 심양의 군상은 대장정이 끝나고 중국 통일의 염원이 이루어졌을 때 태어난 작품이며 지금은 그런 열정을 찾기 힘들다고 했지요. 그는 나를 연변 인민정부 청사 내 통일전선부에 데리고 갔습니다. 조선족인 통전부 부장이 말했지요. 대장정에 열정적으로 참여하지 못한 중간 부류들이 있다. 작가 기자 예술가 교사와 같은 회색분자들인데 이들은 앞으로 당과 협력하여 새로운 중국을 향해 공동의 전선으로 나아가야 한다는 얘기를 했지요. 공동창작에 대한 의미를 자기 방식으로 해석해주는 것이었습니다.

북경역에서 만난 한 풍경을 적습니다. 구정 연휴였지요. 고향으로 돌아가는 사람들의 행렬이 끝이 없었습니다. 아비규환이었지요. 이불을 등에 멘 사람, 석유곤로를 들쳐 멘 사람들이 많았습니다 이불은 열차 바닥에서 덮고 자기 위한 것이었고 곤로는 취사를 하기 위한 것이었습니다. 고향으로 가기 위해 증기기관차를 사나흘씩 타야 하니 어쩔 수 없는 일이었지요. 대합실의 공안들이 긴 막대로 이들을 후려패기 시작했습니다. 줄을 서라! 외치는 것 같은데 발을 디딜 틈이 없는 곳에서 불가능한 얘기였지요. 위대한 사회주의 인민들에겐 먼저 타겠다는 생각 외엔 아무것도 없었습니다.

머리를 맞은 사람들이 펄쩍펄쩍 뛰어올랐습니다. 질서 인권 희망 없었습니다. 외국인 대합실 입구에서 이 모습을 보는데 마음이 아팠습니다. 그들이 신성시하는 프롤레타리아계급의 실상이 거기 있었지요.

외국인 대합실 창밖으로 대조적인 풍경이 펼쳐졌습니다. 붉은 카펫이 역 밖에서 플랫폼까지 펼쳐져 있고 그 위로 검정 승용차가 들어오는군요. 번호판의 붉은색이 눈에 띄었습니다. 승용차에서 내린 사내가 기차에 오르는군요. 탑승 계단에도 붉은 카펫이 깔려 있습니다. 단 한 사람을 위한 배려였지요. 계급이 없다는 그 사회의 모순, 철저한 계급사회로 이루어진 현장을 중국 도처에서 보았지요. 이 세계는 노동자 농민을 위한 세계가 아니었습니다. (이 세상 어디에도 노동자 농민을 위한 세계는 없다는 것 또한 그때 알았지요.)

좌석 번호도 없는 삼등 야간열차에서 만난 젊은이들 이야기를 해야겠군요. 그들이 천안문사태의 주역이라는 것을 얘기하는 동안 알게 되었습니다. 그들은 내가 남조선 사람이라는 것만으로 호감을 표했지요. 호감의 이유를 뒤에 알았습니다. 밤을 새워 이야기를 나눴지요. 영어를 아는 사람이 열차 안에 없으니 주위 사람들은 우리가 무슨 얘길 나누는지 알지 못합니다. 유창한 그들의 영어 덕에 하룻밤 사이 내 영어가 늘었습니다. 지명수배자인 그들의 꿈은 미국이나 한국에 밀입국하는 것이었지요. 자신들을 Capitalist라고 말할 때 자부심이 느껴졌습니다. 자본주의 본향 미국을 꿈꾸는 것 자연스러운 일이지요. 그런데 한국은 왜? 지구상에서 가장 완벽한 반공 국가라는 답이 돌아왔습니다. 그들에게 이상향인 것이지요. 내게 호의를 느낀 이유입니다. 우리 세대는 반공 이데올로기로 인한 깊은 상처를 안고 있는 세대입니다. 초등학교 미술 시간에 빨갱이 그림을 그리고 머리에 뿔을 세워놓았지요. 교실 안의 학생이 모두 똑같이 그렸습니다. 반공 이데올로기가 문제가 아닙니다. 그 이데올로기를 뒤집어씌워 선량한 사람들을 고문하고 감옥에 보내고 생명을 뺏기도 했습니다. 그 무렵 나는 한국에 대한 자부심이 없었습니다. 전두환 노태우로 정권이 이어진 그 나라를 자유민주주의 국가라고 말할 수 없었지요.

그런데도 한국이 지닌 정치적 자유의 심도는 중국과 비할 바 아니었습니다. 페퍼포그에 눈물 콧물 범벅이 되고 물대포를 맞아도 광화문 거리에서 싸울 수 있는 자유가 한국에 있었지요. 천안문 광장의 현실은 차원이 달랐습니다. 헤어질 때 그들과 껴안고 울었지요. 눈물의 의미는 서로 달랐습니다. 밀입국 외에 조국을 탈출할 수 없는 현실 속에서 그들은 나를 한없이 부럽게 보았습니다. 그 여행에서 나는 좋은 세상은 존재하는 것이 아니라 우리가 만들어가는 것이라는 사실을 깨달았지요. 어떤 위대한 혁명가나 사상가가 여기 좋은 세상이 있으니 모두 가지렴, 하고 나눠주는 것이 아니라는 것을 깨달은 것이지요. 인간 행복의 주체는 이데올로기가 아닌 사람입니다. 좋은 세상을 향한 선한 열망과 실행 의지로 깨어 있는 한 사람 한 사람이 모여 만든 공동체. 현실에 존재하지 않지만 그 꿈을 만들어가는 과정이 아름다운 세상이라는 생각을 하게 되었지요.

문예창작 주체 논쟁에 대해 마음이 편하게 되었습니다. 아름답고 상냥한 세상을 만들기 위한 미적 사유 체계를 지닌 예술가들의 창작은 삶의 진보를 위해 여전히 중요할 수 있습니다. 지극히 개인적인 창작이 세계의 미학과 만날 수 있는 가능성이 우리 모두에게 열려 있는 것입니다. 아파하면서 그리워하면서 당신의 시를 쓰세요. 밤을 새워 당신이 쓴 순결한 시에 어떤 철학도 이데올로기도 꿈꾸지 못한 인간 내면의 맑은 샘물이 있습니다. 어떤 혁명도 꿈꾸지 못한 사랑의 향기, 그곳에 시의 본향이 있습니다.

내가
이도백하의 다관茶館에서
재스민차 한잔을 마시는 동안
별 하나가 찻잔 안으로 들어왔다
추우냐?
답이 없구나

영하 이십도의 눈보라

별이란 족속은

추워야 더 빛을 뿌리는 법

혜산진에서 훈춘으로 가는 밤길에

와사등을 파는 가게가 하나 있었다

보라색 등 하나를 살까 망설였는데

또 하나의 별이 찻잔 안으로 들어왔다

어떤 어둠 속에서도 빛을 뿌리는 것이

별의 숙명이라는 것을 안

스무살 뒤로

나는 내 마음에게

어떤 외로움 속에서도

홀로 외로워질 수 있다고

고요히 다짐하는 버릇이 생겼다

—「또 하나의 별」전문

　동쪽 끝 연길에서 서쪽 끝 우루무치까지 두차례 왕복한 중국 여행길. 시「또 하나의 별」은 그 시절의 향수를 담고 있습니다. 외롭지만 따뜻했던 시간들, 모순으로부터의 자유. 내가 이 여행을 아름다웠다고 적은 이유입니다.

겨울, 꽃으로 엮은 방패

1

동천에 눈이 옵니다.
눈은 이 세계의 바람과 꿈들
노래들을 춤추게 하고
징검다리를 건너는 나를 춤추게 합니다.

겨울은 아름답습니다. 딱히 그 이유를 댈 순 없습니다. 그
냥 좋은 거지요. 졸졸거리며 징검다리 곁을 지나가던 강물
도 얼어붙었습니다. 이상해요. 얼음이 된 강물에서 봄의 꽃
향기가 느껴져요. 여름날의 싱싱한 물소리도 느껴지고 가을
의 풍요로운 하늘과 흰 구름도 느껴지지요. 겨울은 사계의
압축 같아요. 봄날의 꽃향기 속에서는 얼어붙은 대지와 눈
보라가 느껴지지 않아요. 그냥 화사한 봄날 자체만 느껴져
요. 꿈은 여기까지예요,라고 말하는 것 같죠. 겨울은 다 느끼
게 해요. 그리움 외로움 화사함 추억, 지나간 날의 시들. 그
래요, 겨울은 마법사 같아요. 이 세계의 모든 추상들 고통들
눈물들 영탄들과 사랑에 빠진 마법사 말이에요.

  평생 강물의 노래를 들었으나
  자신의 노래를 부른 적 없는 이가 눈보라를 맞는다

피아노의 검은 음반이 하얀 눈보라 속에 묻힌다

—「징검다리」 전문

아마르 꺼삐따를 위해 쓴 시예요.

눈 속에 푹 묻히면 비로소 징검다리는 쉴 수 있지요. 사람들의 발자국 소리를 세지 않아도 되고 흘러오는 강물들이 여기서 뭐 해?라고 묻는 질문에도 자유롭게 되죠. 눈보라와 얼음이 만든 동굴의 침대 속에 푹 파묻혀 내 시가 고요히 쉬기를 바라는 마음 있습니다. 푹 쉬면서 먼먼 시원의 추상에 잠기는 거예요. 돌이 되기 이전 이이가 무엇을 했을까? 생각하면 가슴이 설레죠. 눈송이가 날리는군요. 눈발이 춤을 춥니다. 미르도 춤을 춰요.

ㅓ

눈에 푹 덮인
미르의 모습 따뜻합니다.
안녕, 미르
하얀색의 귀여운 고인돌 같아.

미르가 웃는군요.
미르에 서른한개의 디딤돌이 있지요.
한줄로 늘어선 서른한칸의 열차.

사마르칸트 여행할 때 생각나는군요.

바자르에서 만난 고려인 할머니가 내게 "찰옥시시 사이소"라고 말했죠. 모국어의 어감이 진하게 풍겼습니다. 할머니의 앞니가 하나 빠졌군요. 빠진 이 그대로 나를 보고 웃는데 행복했습니다. 여덟살에 고향 경주를 떠나 연해주에 살다 1937년 강제 이주 열차를 타고 중앙아시아에 이른 것이지요. 바자르의 다른 고려인 할머니들, 두부와 콩나물, 된장을 팔고 있었습니다. 소련이 해체된 직후 각 공화국 사람들의 삶은 비참했습니다. 아침이면 빵 배급을 받기 위해 사람들이 배급소 앞에 긴 줄을 섰고 절반 이상은 빈손으로 돌아가야 했지요. 한때 가문의 상징이었을 금박의 고서 몇권을 팔기 위해 눈발 아래 하염없이 서 있는 노인도 있었습니다. 바자르의 고려인 할머니들의 모습 전혀 초라함이 없었습니다. 환하게 웃으시는 모습, 고향 집 앞마당의 해바라기꽃 같았습니다.

사마르칸트를 지나 부하라와 히바를 여행했지요. 초원에 수북수북 핀 민들레꽃 보았습니다. 홀씨를 날리는 민들레꽃의 모습 고려인을 닮았습니다. 한송이 꺾어 여권에 꽂았지요. 사마르칸트로 돌아오는 길. 새벽 네시, 터미널에 도착했습니다. 버스가 멈춘 곳은 터미널 건물이 아니라 컴컴한 공터였습니다. 한 무리의 경찰이 나를 둘러싸고 머리에 총을 겨눴지요. 배낭을 뒤지기 시작했습니다. 머리를 뒤로 꺾어 손전등으로 얼굴을 비추는군요. 경찰이 모스크바 비자가 찍힌 내 여권을 보았습니다. 어디를 다녀오는가? 부하라와 히바. 뭐 하는 사람인가? I write Poem. I love Uzbekistan. I love Hafiz poem!(하피즈는 이슬람 사람들이 사랑하는 페르시아 시인입니다. 부하라와 히바에 관한 사랑의 시를 썼지요.) 네댓개의 총구가 겨눈 동그라미 속에서 웃으며 대답했지요. 두려움? 세상에서 제일 좋아하는 일을 하는데 왜 두렵죠? 사실 나도 좀 신기해요. 이들이 경찰인지 마피아인지 알 수 없는 시절이었지요. 그때 내 몸과 배낭 안에 오천불 넘는 달러가 숨겨 있었지요. 구소련이 붕괴된 직후 이스라엘은 소련 내의 자기 민족을 불러들였습니다. 유대인들이 남기고 간 빈집들이 많았습니다. 뜰과 텃밭이 있는 고전적인 이층 저택이 이백불에 팔리는 시절이었지요. 경찰은 마피아나 다름없었습니다. 월급이 없고 알아서 살아야 했으니 말이지요. 외국인인 내 물건과 돈이 목적이었을 확률 백 퍼센트였지요. 버스 기사가 공터에 차를 세운 이유입니다. 그런데 처음 보는 이 카레이스키가 웃으면서 I write Poem!이라고 말합니다. 자신들의 모국을 사랑하고 자신들이 사랑하는 시인을 좋아한다고 말합니다. 여권을 든 경찰이 비닐 커버에 꽂힌 민들레꽃을 보는군요. 그들이 나를 풀어주었습니다. 알지 못하는 먼 나라를 여행할 수 있는 이유, 그곳에 시가 존재하기 때문입니다.

한 노인이 다가와
가만히 내 등을 끌어안았다
거친 주름살이 내 뺨을 스치는 동안
민들레꽃 냄새가 났다

내 이름은 세르게이 김
김해 김씨인데 조선 이름은 잊었다
남원에서 태어났지만 남원이 어디인지는 모른다
당신은 남원을 아는가?
아버지는 제사를 지낼 때 무릎을 꿇고 절하셨다
죽은 사람에게 절할 때 두번 한다고 들었는데 사실인가?

(…)

그의 손녀 나타샤는 스물두살
비슈케크대학 한국어학과 4학년이라 한다
눈빛 소처럼 맑고
웃음소리 월등 복숭아꽃 냄새만큼 달았다

소비에트가 붕괴된 후
유대인들 고국 이스라엘로 돌아간다고
고국에 돌아가면 집도 직장도 다 준다고 했다
한국은 언제 우릴 부르는가? 묻는데 할 말이 없었다

부엌 앞에 나무절구가 놓여 있다
1937년 강제 이주 열차를 탈 때
조선에서 할머니가 가져온 것이라고 나타샤가 말했다
두부된장국 끓이던 할머니가 이야기했다
조선 사람은 어디에 살든 이팝을 먹지
그래 불술기에 절구를 싣고 왔지
잘하셨어요 어르신, 나는 할머니의 손을 잡았다

하얀 옷을 입고
두부된장국을 먹고
팔작지붕 기와집에 박 넝쿨이 자라는 동안
우리가 고려 사람이라는 것 잊은 적 없어요
한국 사람들 자랑스레 이야기하는
오천년 역사가 이곳에 숨 쉬고 있어요

1937년 그날
왜 우리가 중앙아시아의 허허벌판에 버려졌는지
단 한번 묻지 않은 조국이여,
당신은 부끄럽겠지만
우리는 부끄럽지 않다
나타샤의 하얀 볼우물이 내게 얘기하는 것이었다

　　　　　　　　　　　　　　　　　──「우슈토베의 민들레」 부분

一

우슈토베는 1937년 스탈린의 강제 이주 정책에 의해 중앙아시아에 실려온 조선인들이 최초로 만든 마을입니다. 물도 나무도 없는 사막지대였지요. 토굴을 파고 겨울을 넘기며 벼농사를 짓기 시작했습니다. 맨손으로 땅을 파 먼 강물을 끌어와야 했지요. 1995년 해철과 함께 우슈토베를 찾았습니다. 고려인 2세 소설가 박 미하일과 화가 문 미카엘이 동무가 되었지요. 미카엘의 승용차 덕을 봤습니다. 소련의 국민차인 라다 승용차였지요. 길이 없는 초원을 일박 이일 달렸지요. 초원에서 잠시 핸들을 잡았는데 느낌이 막강했습니다. 핸들을 돌리는데 바위를 움직이는 느낌이었지요. 직진을 하려면 핸들을 삼십도쯤 꺾어야 했습니다. 기름 계기판이 없으니 나뭇가지를 기름통에 넣어 남은 오일을 측정했습니다. 도중에 시동이 꺼졌는데 미카엘은 익숙한 솜씨로 엔진을 분해하고 수건으로 피스톤을 쓱쓱 닦았지요. 시동이 걸린 차는 다시 초원을 달렸습니다. 주유소는 없으니 왕복할 기름을 차에다 실어야 했지요. 이 모든 상황이 나는 좋았습니다. 사람은 불편하게 살 때 인간 냄새가 납니다. 인간 냄새, 시의 본향이지요.

나타샤의 할아버지, 고려인 1세였습니다. 중앙아시아의 8월, 섭씨 사십오도가 넘는 오후 두시의 무논에서 그이를 만

200

났습니다. 넓은 들판 가운데 밀짚모자를 쓴 나타샤의 할아버지가 혼자 물꼬를 보고 있었지요. 해 뜰 때 집에서 나와 해질 때 집으로 돌아갑니다. 논농사 덕에 고려인 중 굶주리는 사람 없습니다. 소비에트 시절 모든 콜호스(집단농장)의 노력 영웅들은 고려인이 압도적으로 많았지요. 타민족의 신망도 두터웠습니다. 근면성과 교육열. 고려인의 정체성이었지요. 세계적으로 교육열이 가장 높은 민족은 유대인으로 알려져 있습니다. 구소련의 경우 고려인이 으뜸이었지요. 고려인의 대학 진학률은 98퍼센트라는군요. 나타샤의 할아버지를 만난 느낌, 구한말 대한제국의 조선 사람을 만난 느낌이었지요. 우슈토베를 처음 방문하기는 박 미하일과 문 미카엘도 마찬가지였습니다. 여행에서 돌아온 그들의 민족 자긍심도 부쩍 커졌지요. 박 미하일은 지금 러시아 최고의 작가가 되었습니다. 국내외를 막론하고 내가 본 한국 사람 중 가장 의젓하고 당당한 민족의 모습을 지닌 이, 중앙아시아의 고려인들입니다.

이사벨라 버드 비숍, 이름 들어보셨는지요?

영국 왕립지학협회 최초의 여성 회원인 이이는 63세인 1894년 조선을 여행했습니다. 남장을 하고 말을 타거나 거룻배를 타고 조선 일대를 여행했지요. 남한강 단양팔경 중의 도담삼봉에 이르러 강변 초가마을의 풍경을 보고 세상에서 가장 아름다운 낙원이라 적었지요. (알레피 생각나는군요. 인도양과 아라비아해가 만나는 그곳 바다는 내가 본 세계의 바다 풍경 가운데 가장 아름다웠지요. 바닷가를 따라 걷다 고풍스러운 흰 건물 보았습니다. 버드 비숍 하우스! 얼마나 놀랍고 반가웠는지요. 그곳 게스트하우스에서 하룻밤을 묵었습니다. 나와 비숍 여사와의 짧은 인연이지요.) 전봉준이 처형된 무악재를 답사하고 동학 지도자들의 모습에서 형형한 기개를 느꼈다고 적었습니다. 나는 이이가 금강산을 거쳐 연해주 프리모르스크 조선인 집단 거주지를 답사한 여행에 주목합니다. 연해주의 조선 사람들이 잘생기고 영민하며 경제적인 자립을 이루었다고 적었습니다. 이들이 중앙아시아 고려인의 시조인 셈이지요. 그 당시 반도 안 조선 사람들 삶, 비참하기 이를 데 없었습니다. 동학 농민전쟁이 실패로 끝나고 삼남의 마을은 동학 부역자 색출 작업으로 발칵 뒤집혔습니다. 강과 산이 시산시해屍山屍海를 이루었지요. 절망감과 열패감. 반도 내의 비참한 삶과 전혀 다른 조선인의 모습을 버드 비숍이 연해주에서 찾아낸 것이지요.

ㅛ

수영을 생각합니다.
나는 수영에게 연민이 있습니다.

그의 시 「거대한 뿌리」 절창이지요.

「거대한 뿌리」가 없었다면 우리가 아는 김수영은 존재하지 않았을 것입니다. 6·25와 4·19가 지난 뒤 그는 버드 비숍 여사와 조우합니다. 1897년 네번째 조선 여행을 마치고 버드 비숍은 『Korea and Her Neighbours』라는 책을 펴냈지요. 사년간의 조선 여행의 결실이 책 제목 중의 'Her'에 들어 있다고 생각합니다. 그는 조선을 여성형으로 보았습니다. '착하고 아름답지만 힘이 약한' 의미가 Her에 들어 있지요. 언젠가 아름답게 꽃피기 바라는 마음을 적었는지도 모릅니다. 수영에게 버드 비숍은 뮤즈였습니다. 내가 내 땅에 박는 새로운 역사! 새로운 시!

전통은 아무리 더러운 전통이라도 좋다 나는 광화문
네거리에서 시구문의 진창을 연상하고 인환네
처갓집 옆의 지금은 매립한 개울에서 아낙네들이
양잿물 솥에 불을 지피며 빨래하던 시절을 생각하고
이 우울한 시대를 파라다이스처럼 생각한다
버드 비숍 여사를 안 뒤부터는 썩어빠진 대한민국이
괴롭지 않다 오히려 황송하다 역사는 아무리
더러운 역사라도 좋다
진창은 아무리 더러운 진창이라도 좋다
나에게 놋주발보다도 더 쨍쨍 울리는 추억이
있는 한 인간은 영원하고 사랑도 그렇다

비숍 여사와 연애를 하고 있는 동안에는 진보주의자와
사회주의자는 네에미 씹이다 통일도 중립도 개좆이다
은밀도 심오도 학구도 체면도 인습도 치안국
으로 가라 동양척식회사, 일본영사관, 대한민국 관리,
아이스크림은 미국놈 좆대강이나 빨아라 그러나
요강, 망건, 장죽, 종묘상, 장전, 구리개 약방, 신전,
피혁점, 곰보, 애꾸, 애 못 낳는 여자, 무식쟁이,
이 모든 무수한 반동이 좋다
이 땅에 발을 붙이기 위해서는
　── 제3인도교의 물속에 박은 철근 기둥도 내가 내 땅에
박는 거대한 뿌리에 비하면 좀벌레의 솜털
내가 내 땅에 박는 거대한 뿌리에 비하면
　　　　　　　── 김수영 「거대한 뿌리」 부분(강조는 필자)

　이 시가 쓰인 사년 뒤(1968) 수영은 세상을 떠났습니다.
　내가 지닌 연민은 그가 너무 빨리 세상을 떴다는 것입니다. 「풀」 「폭포」 「어느날 고궁을 나오면서」에 이어지는 시편들을 더 볼 수는 없었을까요? 「달나라의 장난」 「헬리콥터」 「공자의 생활난」 「반달」 같은 시들을 알고 있죠. 이 시들은 지적이며 세련됐습니다. 그러나 이 시들이 김수영 시 정신의 핵심은 아닙니다. 해방 뒤 열정과 혼돈의 축제 속에서 쓰인 모더니즘 시편들은 남의 것을 급하게 베껴낸, 뭔가 엉성해 보이는 면이 있죠. 「거대한 뿌리」가 그 모든 것을 날려 보

냈습니다. 네에미 씹, 개좆, 미국놈 좆대강 같은 상언들이 이렇게 사랑스러울 수 있다니요. 시는 기존 질서에 대한 저항이며 새로운 세계에 대한 끝없는 도전입니다. 새로 시를 쓰기 시작한 청춘들이 출발점을 수영의 「거대한 뿌리」에 두는 것은 아름다운 일입니다. 습작기에 하루 열번씩 「거대한 뿌리」를 읽고 필사하세요. 어느 힘든 겨울날 눈보라 속에 수영이 찾아와 손잡고 나란히 걸을 날 있을 것입니다.

ㅜ

눈이 수북수북 내리는군요.
눈 오는 날의 하얀 세상이 좋아요.
미르에 눈이 쌓이니
천지가 평등한 세상이 되었네요.
무유등등無有等等이라는 말 좋아해요.
얼씨구 둥둥 추임새를 넣게 돼요.
하얀빛은 지평선이 없어요.

끝이 없는데 어디선가 이리 오렴, 하는 소리가 들려요. 이리 오렴, 세상에서 제일 아름다운 말이지요. 춥고 배고프고 갈 곳 없는데 눈발 속에서 누군가 이리 오렴, 말하는 것입니다. 따스하고 꽃 냄새가 나는군요. 커피 냄새도 나요. 미르에 앉아 커피 마실 때 행복해요. 까페 A의 주인장이 십년 내리

커피 내려주었지요. 같은 재료인데 왜 맛이 다르죠? 눈발 속에서 카푸치노 마셔요. 커피 거품 위에 얹은 계핏가루를 살살 불며 마시는 동안 계수나무꽃 냄새가 나요. 계수나무꽃이 필 때 연구실 창을 열면 은은한 꽃 냄새가 스미지요. 인도에서 지낼 때 이런 꽃 냄새를 달빛 냄새라고 했지요. 샨티니케탄에 한그루밖에 없는 꽃나무, 이름이 조전건다예요. 우기가 시작될 때 단 사흘 피는 이 꽃을 타고르도 좋아했지요. 벵골 냄새가 나는 벵골의 꽃. 눈이 수북수북 내리니 좋아요. 하얀 지평선을 향해 걸어가요. 눈 오는 날엔 조선의 꽃 생각을 해요.

갈대밭 어린 아낙 울음소리 참담해라 　　蘆田少婦哭聲長
관문 향해 울부짖고 하늘 향해 소리치네 哭向縣門號穹蒼
출정 나간 남편 돌아오지 못함은 있는 　夫征不復尙可有
　　일이나
예부터 사내가 남근 자른다는 말 　　　自古未聞男絶陽
　　듣지 못했네

칼 갈아 방에 드니 쏟은 피 흥건하고 　磨刀入房血滿席
스스로 한탄하길 애 낳은 죄 크다오 　　自恨生兒遭窘厄
　　　　　　　　　　　── 정약용 「애절양哀絶陽」 부분

다산 선생님의 시예요.

군역에 시달린 젊은 농부가 소를 빼앗기고 낫으로 자신의 남근을 잘랐습니다. 새끼를 낳은 것이 죄라고 피범벅 속에 울부짖습니다. 갈대밭 너머로 들리는 어린 아내의 통곡소리 처절합니다. 눈보라 몰아치는 이십대의 겨울날 탐진촌 갈대밭으로 다산 어른 찾아갔습니다. 갈대밭에 소주 한잔 뿌렸지요. 우리 시의 정신사 「애절양」에서 비롯되었다 생각해요. 버드 비숍은 조선의 양반 세력을 '면허받은 흡혈귀'라 적었지요. 비숍이 「애절양」을 읽을 수 있었다면 조선의 미래에 대해 덜 암울했을지도 모르겠습니다.

노인에게 한가지 유쾌한 일은	老人一快事
미친 듯 붓 휘둘러 자유롭게 시 쓰는 일	縱筆寫狂詞
어려운 운자에 구애받지 않고	競病不必拘
퇴고하느라 더디지도 않아라	推敲不必遲
나는 본디 조선 사람	我是朝鮮人
기꺼이 조선 시를 써내야 해	甘作朝鮮詩

1832년 다산 70세의 작품 「노인에게 유쾌한 일老人一快事」입니다. 내가 광주의 한 고등학교 국어 선생일 때 「애절양」과 「노인에게 유쾌한 일」을 한자로 읽고 쓰는 수업을 했습니다. 광주항쟁을 겪은 1981년 1982년의 친구들이 이 일을 기꺼이 해냈지요. '나는 본디 조선 사람/기꺼이 조선 시를

써내야 해' 하는 구절 한자로도 모두 쓸 수 있었지요.

ㅠ

　나는 본디 조선 사람　　　　　　　　　　　　我是朝鮮人
　기꺼이 조선 시를 써내야 해　　　　　　　　　甘作朝鮮詩

눈 쌓인 강 위에 씁니다.
미르가 좋아합니다.
미르도 조선 돌이지요.
조선 시를 쓰는 데 이만한 원고지가 어디 있겠는지요.
그러니 우리 세상 곳곳에서 당당하게 조선 시를 써요.

　해체와 포스트모던, 미래파와 난해시를 이야기할 때도 본
질은 조선의 꿈 조선의 향기를 노래해야 하지요. 백석의 시
를 봐요. 대단한 모더니즘이지요. 모더니즘을 넘어선 순정
한 민족의 리얼리즘이지요. 조선의 향기 군고구마 냄새처럼
솔솔 나지 않나요?

　사미야 강에 눈 온다
　홀로 무릎 꿇고 눈보라 맞으며
　무슨 생각 하느냐

인간의 수와
별의 수
강변 모래알의 수를 다 더하면
슬픔의 수가 된다고 내게 말했지

눈은 펄펄 노래하며 춤추는구나
눈은 마을의 집들을 보리밥처럼 부풀게 하고
눈은 버려진 풀씨들의 이마에 입맞춤하고
눈은 작은 나룻배 위에 가득 쌓여
강물과 나룻배를 한 몸으로 만들고
눈은 시를 쓰다 얼어 죽은 노인의 오두막
봄이 오면 파랑새의 노래 가득하게 하고

눈은 아주 작고 부드러운 망치로
바위를 두드려 언젠가 모래를 만들지

사미야 강에 눈 온다
저 가슴 저미는 손편지를 개봉하고도
여전히 슬픔의 수에 집착하느냐
무릎 꿇고 눈송이에 입 맞추며
너의 깊은 잠을 먼먼 나라로 보내렴

———「江上禮雪」 전문

미르를 만난 지 이십년 되었지요.

미르가 지금의 모습 그대로 오십년 뒤에도 백년 뒤에도 남아 강을 건너는 사람들을 변함없이 따뜻하게 맞아주기 바랍니다. 강 위에 눈이 소복소복 내리는 모습, 세월이 지나도 변하지 않는 우리가 꿈꾸는 시의 모습이에요. 미르를 건너는 사람들이 이 아이 참 전아典雅하구나,라고 말하기 바라는 마음이 있죠. 그래요, 세월이 아주 부드러운 망치로 바위를 두드려 모래로 만들 때 우리 우리의 시를 써요. 어디가 끝인 줄 모르는 사랑과 꿈의 시를 써요. 강 위에 내리는 눈송이가 더 많은지 강변 모래알이 더 많은지 우리가 쓴 사랑의 시가 더 많은지 세월의 끝까지 셈하도록 해요. 청춘의 힘을 불끈 쏟아 세상을 들었다 놓는 새롭고 신비한 시를 쓰는 거예요.

—

1980년 12월
눈이 펑펑 내리는 날
전화 한통을 받았지요.

수화기 너머의 사내가 신춘문예에 응모하셨지요? 물었습니다. 응모한 기억이 없었지요. 사내가 내가 응모한 시편들을 이야기한 뒤에야 신춘문예에 응모한 사실을 기억했습니다. 시「사평역에서」가 당선되었다는 얘길 하더군요. 먹먹했

210

습니다. 그해 5월 18일 내가 겪은 이야기를 적습니다.

저물 무렵이었지요. 광주 시내는 아비규환이었습니다. 전남대 농과대학 숲길을 지나 자취방으로 가던 나는 한 무리의 공수부대원에 둘러싸였지요. 무자비한 구타가 시작되었습니다. 곤봉과 M16 개머리판 철모 주먹, 왜 맞아야 하는지 알 수 없었지요. 생이 무너지는 찰나 아카시아꽃 냄새가 나더군요. 해철과 함께 시 쓰던 그 자리입니다. 한 중위의 모습이 보이더군요. 살려주세요 장교님. 그가 내게 일어서라 했지요. 일어설 수 없었습니다. 무릎관절이 다 찢겨 보행이 불가능했지요. 네발로 기어 마을 입구까지 왔고 동네 사람이 업어 자취방에 데려다주었습니다. 머리카락이 가발처럼 뽑혀나갔습니다. 내 자취방은 대밭 한가운데 자리한 조선 말의 정자였습니다. 청음정이라는 편액이 붙어 있었지요. 청음정 천장에 비밀 공간이 있다는 것을 그때 알았지요. 주인아주머니가 나를 천장에 집어넣고 방에 볏짚을 쌓아 숨겼습니다. 다음 날부터 주인아주머니가 가져다주는 약물을 받아먹었습니다. 콜라병 입구를 솔잎으로 막고 줄을 달아 재래식 화장실 속에 던져놓으면 병 안으로 물이 스며드는데 예로부터 장독에 제일 좋은 민간 약이라 했지요. 그해 나는 단한 편의 시도 쓰지 못했습니다. 신은 죽었고 시는 현실에 대응하지 못한 인간들이 꾸는 좀비 같은 꿈 같은 것이었지요.

1980년 12월 14일, 그 날짜를 정확히 기억합니다. 대학촌
골목을 걷던 중에 한 동무를 만났지요. 수없이 많은 날 내게
밥과 잠자리를 마련해준 동무였지요. 신춘문예에 응모했는
가? 대뜸 묻는군요. 고개를 저었습니다. 내일이 마감 날이니
꼭 응모하라고, 신춘문예 응모는 문학청년의 의무라는 말을
했습니다. 그날 밤 내내 눈이 왔지요. 일년 내내 시를 쓰지
않았기에 응모할 시편이 없었습니다. 지난해 응모한 시편들
을 꺼내 바보도 알 수 있게끔 쉽게 풀어 썼습니다. 지난해 응
모한 시편들이 갈고 다듬고 화려한 수사를 곁들인 나전칠기
의 모습이었다면 풀어 쓴 시들은 허드레 나무로 엮은 숯 궤
짝의 모습이었지요. 그 시편들 뒤에 시「사평역에서」를 끼워
넣었습니다. 오년 전 입영 전야에 시 쓰는 동무들이 모였을
때 이 시를 읽었습니다. 몇은 울고 몇은 필사를 했지요. 신춘
문예와 상관없는「사평역에서」를 끼워 넣은 것, 내 생의 행
운입니다. 우체국에서 마지막 날 소인을 찍어 보내고 응모
사실조차 잊어버렸지요. 5월 18일 내가 농과대학의 숲에서
일어나지 못했다면, 내게 잠자리와 밥을 무한정 대주던 동
무가 신춘문예 응모는 문학청년의 의무라는 말을 하지 않았
다면 이 시는 세상에 태어나지 않았을 것입니다.

　　단풍잎 같은 몇잎의 차창을 달고
　　밤 열차는 또 어디로 흘러가는지
　　　　　　　　　　　　　　　　　　──「사평역에서」부분

고통의 눈보라 날리는 이승의 벌판을 노란 등불을 켜고 달리는 열차를 생각하면 마음이 조금씩 따뜻해집니다. 사평이라는 이름 우리나라에 참 많습니다. 강이 있고 모래사장이 있는 마을은 사평 혹은 평사입니다. 버드 비숍이 본 도담 삼봉의 마을도 사평인 거죠. 스무살 적엔 나라 안의 모든 마을에서 별을 보며 하룻밤씩 자고 싶은 꿈을 지녔지요. 끝없이 이어지는 마을들의 사랑과 꿈. 암울한 군사독재 정권의 현실 속에서도 내게 삶에 대한 용기와 상상력을 주었습니다. 눈 오는 날 마을들이 눈발 속에서 춤추는 걸 좋아합니다. 마을은 거기 몸담은 사람들 슬픔의 수만큼 몸이 무겁지요. 눈 오는 날은 마을이 가벼워져요.

와온 거차 창산 우명 쇠리 화지 선학 망룡 초적 달천 유룡 월등 봉전 계당 운룡 중흥 농주 마파 화심 반월 상사 괴목 상림 가정 시로 옥적 장척 가정 초전 물건 문의 창산 영변 약산 삭주 구성 삼수 갑산. 지난 세월 사랑한 사평의 이름들 끝이 없죠. 마을과 마을 사이를 걷는 게 좋았죠. 마을은 조선의 마음이에요. 하얗고 순결한, 영원히 사랑할 조선의 시예요.

두부를 먹자
하얗고 순결한 조선의 마음을 먹자
두부는 조선의 밥상 위에 가지런하다

심청도 춘향도 두부 앞에서 가슴이 설렌다
두부 속 마을에 수궁가도 있고 사랑가도 있다
두부 속 꽃 핀 산골 마가리에 해월도 봉준도 산다
두부 속 녹두꽃밭에 파랑새가 종일 노래한다

막걸리 한병 두부 접시 앞에 두고
통일이 대박이라고 말하는 이가 있다
통일이 쪽박이라고 말하는 이가 있다
흥부네 초가집 담장에 박씨 하나
뿌린 적 없는 잡놈들이 박 타령을 한다

두부는 말이 없다
뚜벅뚜벅 주모의 칼질에 베일 때도
펄펄 끓는 동태탕에 들어가서도
신음 한번 내지 않는다
두부를 먹자
두부를 먹고
순교하는 조선의 마음이 되자

——「두부 먹는 밤」 전문

|

바람이 붑니다.

따스해요.
미르에 봄이 오는 기척 있습니다.

봄이 오면 아마르 꺼삐따에 앉아 물 흐르는 소리 들을 수 있습니다. 눈에 익은 몇몇 물고기들 만나면 안녕, 겨울 여행 잘했어? 들려줄 신비한 이야기 없어? 하고 묻겠지요. 민들레가 피고 냉이꽃도 피겠지요. 커피를 마시다가 멍도 때리겠지요. 참새들이 냉이꽃을 콕콕콕 쪼아 먹는 모습 볼 수 있을 것입니다. 먼 곳에서 오는 꽃 냄새를 기다리며 두 발을 쭉 펴고 앉아 새 시인들이 쓴 새 시집들을 읽을 것입니다.

늙은 시인이 종이 가방을 들고
강을 따라 걸어간다

수양버들 가지 사이
밀화부리 노래가 맑다
시인이 수양버들 아래 앉아
오랜 동무의 노래를 듣는다

시인이 종이 가방에서 시집 한권을 꺼낸다
첫 장을 찢어 종이배를 접는다
종이배는 강물을 따라 졸졸졸 흐른다
시인이 다른 시집의 첫 장을 찢어 종이배를 접는다

종이배는 물살을 따라 명랑하게 흐른다
일곱권의 시집으로 하나씩의 종이배를 접었을 때

염소가 왔다

염소는 음매 배가 고프다
염소에게 첫 장이 없는 시집을 준다
염소는 시집을 먹으며 웃는다
시집을 열심히 먹으면 언젠가 자신도
종이배가 되어 강을 따라 흐를까 생각한다

종이배와 염소가 있으니
시인은 새 시집 읽는 게 두렵지 않다
　　　──「늙은 시인은 새 시집 읽는 게 두렵지 않다」 전문

　시집으로 종이배 만드는 걸 좋아합니다.
　사실 내가 만드는 게 아니라 시집의 종이들이 종이배를
만들어줘요,라고 원하죠. 오십년 이상 시에 길들여졌지요.
그러니 시집 속의 종이들이 종이배를 만들어주세요,라고 말
하면 거절하지 못합니다. 종이배가 된 시들은 어디론가 흘
러갈 수 있습니다. 종이배를 만들고 있으면 염소가 오지요.
염소도 시집을 좋아해요. 종이배를 접고 남은 시집은 염소
를 줘요. 염소가 웃으며 잘 먹네요. 세상에 신간 시집들이 나

216

오는 동안은 염소들이 배를 곯지 않아요. 내게 꿈이 있습니다. 시집으로 종이배를 만들지 않고 신문이나 잡지, 교과서로 만들고 싶지요. 염소의 간식이 시집이 아니었으면 좋겠습니다. 어느날 나를 찾아온 염소에게 당당하고 의젓한 목소리로 오늘은 네게 줄 종이가 없구나, 하고 반짝반짝 빛나는 청춘의 시집을 흔들어 보여주고 싶은 것입니다.

살면서 알았지요.
세상에서 제일 아름다운 사람
시를 꿈꾸는 사람이에요.
아침에도 시를 꿈꾸고
저녁에도 시를 꿈꾸는 사람이에요.

당신의 시가 좋은 세상을 만들 수 있어요. 당신이 혼을 다해 쓴 시가 세상의 억압과 궁핍의 창을 막아내는 순결한 방패가 될 수 있어요. 새롭고 따뜻하고 아름다운 시를 써요. 난해함과 고통의 바다 건너 자신만의 순결한 꿈으로 시의 공화국을 만들어요. 가난한 마을로 오는 푸른 기차, 우리가 만들어요. 당신이 쓴 시가 좋아요. 세상의 슬프고 외로운 이들을 우리가 만든 푸른 기차에 태워요. 세상 끝 행복한 그 나라로 가요. 인간과 세계가 함께 만든 푸른 기차, 오늘 밤 당신이 쓴 시예요.

아무 준비 없이 세상에 태어나
아무 준비 없이 여행하고 시를 썼지요.

강변에 서서 밤 기차를 봅니다. 차창 안의 사람들 따뜻한
인형처럼 보이는군요. 세상 어딘가에서 모르는 우리가 만나
밥을 먹고 술을 마시고 노래를 하고 사랑을 하고 아기를 낳
는 그 모든 이유, 인간의 내면에 시가 존재하기 때문입니다.
이 세상 어딘가 나를 기다리는 아름다움이 있다. 단 하나의
추상만으로 꿈꾸고 노래할 수 있는 자유를 시가 주었지요.
금계랍의 강물 속에서 태어나는 순간 시가 내 곁에 왔습니
다. 봉천 가는 기차의 기적 소리를 들려준 수국꽃 어머니에
게 이 시집을 드립니다.

2021년 새봄 동천 징검다리에서
곽재구

창비시선 454

꽃으로 엮은 방패

초판 1쇄 발행 / 2021년 2월 19일
초판 4쇄 발행 / 2024년 11월 21일

지은이 / 곽재구
펴낸이 / 염종선
책임편집 / 김선영 박문수
조판 / 박지현
펴낸곳 / (주)창비
등록 / 1986년 8월 5일 제85호
주소 / 10881 경기도 파주시 회동길 184
전화 / 031-955-3333
팩시밀리 / 영업 031-955-3399 편집 031-955-3400
홈페이지 / www.changbi.com
전자우편 / lit@changbi.com

ⓒ 곽재구 2021
ISBN 978-89-364-2454-1 03810